ヤマケイ文庫

新田次郎 山の歳時記

Nitta Jiro

新田次郎

Yamakei Library

新田次郎 山の歳時記　目次

随筆 I ―― 『白い野帳』より

冬

春

夏

秋

紀行――『山旅ノート』より

随筆 Ⅱ ──『山旅ノート』より

随筆 I

――『白い野帳』より

冬

初冬の山

　初冬の山が、たまらなく好きだという山男がいた。山男たちの集りで、時折顔を合わせるだけで、一緒に山へ登ったことはないけれど、私は、その男と親しい私の友人を通じて、その男の消息をかなり知っていた。山男特有な、快活でよくしゃべる男だったけれど、どこかに、暗いかげを持っていた。

　最初に会ったとき、彼は初冬の山こそ山のすべてであると力説していた。彼は、次々と危険な岩場に挑戦《ちょうせん》していく型の、いわゆる記録屋ではなく、縦走路専門の山屋でもなかった。岩場もやるし縦走路もやるし、沢歩きもやり、しかも、初冬の山歩きなどとしゃれたことをいう男だった。初冬の山というのは、山の高さによって違って来る。三〇〇〇メートル級の山ならば、十月にはいれば初冬だし、奥多摩あたりの山ならば十二月が初冬である。

彼が初冬の山を推薦する第一の理由は、この季節の山は人が少ないことであり、第二の理由は、なんともいえないもの寂しさがあるからだという。彼のいうなんともいえないもの寂しさについて私にひとつ思い出がある。

私の小学校四、五年生のころだった。学校でステッキという遊戯がはやった。四〇センチぐらいの棒と五センチぐらいの棒とが一組になっていて、長い棒がバット、短い棒がボールの役目をして、二手に分れて競技する遊びである。この棒がただの棒ではなく、サクラ、シラカバ、モミジ、ミズナラなどの木ハダの美しいものが使われ、そういう材料で作ったステッキを所有することを自慢したものである。私は初冬の午後、ひとりで山の中へこのステッキの材料として最高であるアカンボーの木を取りに行った。アカンボーは方言で、木ハダが赤サンゴのように美しい、ミズキの一種のことである。深入りしたなと気がついた時には、もう薄暗くなっていた。おそくなりすぎたと思ったら、急にこわくなった。途中で日が暮れて、道を迷ったらどうしようと考えたのである。狐《きつね》にばかされた話など、たくさん聞いている私のことだから、そんなことはあり得ないと思っても、こわかった。こわいと思い出すとなんでもこわかった。初冬の山は枯葉がうず高くつもっていて、一歩歩くごとに、たいへん大きな音がする。その音が山峡に反響して、人がつけて来るように思えるのである。

あとをも見ずに、森の中を走るようにくだって来ると、ナラの林の中に見かけない石があった。はてな、方向を間違えたかな、と思って立止ると、その石がむっくりたち上った。人間だったが人間の着るようなものは着ておらず、皮革とも、布ともつかない妙なものを着こんだ、髭面《ひげづら》の男で、落ちくぼんだ眼窩の底で、目がぎらぎら光っていた。無我夢中で家へ走りかえったものの、しばらくは口がきけなかった。途中で鎌《かま》を落したのを気がつかなかった。

「そんなものは、今ごろ山にいるはずがない」と祖父が言った。昔はいたような口ぶりだった。翌日になってみんなでそこへ行って見ると、私の落した鎌は、よく見えるように木の幹にうちこんであった。その木がなんと、私の捜していたアカンボーの木だった。

その男がどういう種類の人間かは、よく分らなかった。祖父の説明によると、いわゆる山の人であって、里人に決して害を与えるものではない。行き合ったら、なるべく相手の顔を見ないようにしていればいいのだ、ということだった。箕《み》などの竹細工を売りに来る山窩《さんか》の一族とはまた違った存在らしかった。

そんな思い出があったけれど、私は特に初冬がきらいではない。山はいつだっていい、原則的に私は季節を言わない。春の山へ行けば、春山こそ一年のうちで一番美しいのだとほめるし、白銀一色の冬はまた冬で、清潔だと絶賛する。初冬の山のよさを味わいたいなら、東京付近だったら奥多摩がいい。日帰りもできるし、一晩とまりでもいい、雪や氷の心配がないから、そろそろ老年期にはいった山好きの人たちには、格好の場所である。

その奥多摩で、私は初冬の山は好きだという例の男に会った。十二月のことである。場所は御岳神社から氷川神社に抜ける縦走路のほぼ中間であった。なれた道だし、ひとり歩きの気やすさで、ちょっと道をはずしたやぶの中で、カメラをひねくり廻していると、一〇〇メートルほどもはなれた岩の上でしょんぼり考えにふけっている彼らしい男を見かけたのである。念のため、双眼鏡でのぞいて見ると、まさしく彼だった。

　彼はひどく沈んだ顔をしていた。思いなやんでいるという顔であったが、人の気配に気がついたのか、それとも偶然か分らないが、彼がこっちをふりむいた時は、すごくこわい顔に変っていた。目が異様に輝いていた。私は双眼鏡越しに少年のころ、山で会った怪人とそっくりそのままの目を見たのである。声をかけようと思っていたが、それどころではなく、私は逃げるように山をおりた。

　初冬の山を愛するという男が北アルプスで死んだのは、それから十日後だった。原因は初冬の山に多い表層なだれの事故だった。

富士山頂から東京を見る

家をもつなら、富士山の見えるところにしたいというのは、私の念願だった。私の生れ故郷の諏訪からも、富士山は見えるが、私の村からは見えない。小学生のころ、同級生の家へ遊びにいって、二階から見える富士山をきれいだとほめたら、なんだお前の家では富士山が見えないのかといわれて、ひどく侮辱されたように感じたことがある。

この時以来、私は富士山が見える見えないに妙に執着するようになった。今のところへ越して来たのは、十年前である。この土地を世話してくれた人にも、真先に富士山は見えますかと聞いたものだ。よく見えますよといわれたが、念のために冬の日曜日にここへ来て見えることをたしかめてから家を建てた。二階の窓を開けて、双眼鏡を目にしながら富士山をながめる気持はなんともいえない。もっとも、富士山の見える季節はきまっていて、十一月から三月ごろまでである。あとは、台風の過ぎ去った直後とか、豪雨のあった翌朝などという特定の日にしか見えない。引越して来たころは、富士山の全貌《ぜんぼう》が見えたが、数年前、コンクリートの電柱が、私と富士山を結ぶ直線上にできてしまって、富士山の三分の一は電柱にかくれてしまった。それでも、見えるからまあよかったが、近ごろはスモッグというやつがふえてきて、これが視界の邪魔をする。もう少したって、季節風のはげしく吹きすさぶころになると、スモッグは吹きとばされて、よく見えるようになるけれど、それまでになるにはまだ幾日かかかるだろう。

富士山頂から東京が見えるかどうか、という議論を、昭和三十六年の今ごろははげしくたたかわしていた。もっとくわしくいうと、富士山の絶頂、剣ヶ峰の現富士山頂測候所から、東京の気象庁が見えるかどうかの問題である。これは、三十八年の夏から工事を始めた富士山レーダー計画の準備調査のうちの一つの仕事で、富士山頂で観測されたレーダー像を、マイクロウエーブで直接、東京の気象庁へ電送して、居ながらにして、関八州はおろか遠く八丈沖の雨雲まで見ようというのには、富士山頂、気象庁間の見とおしがあるかないかに、その成否はかかっているのである。会議の席上、私は見えると主張した。現にこの目で、何回となく東京を見たよといった。

私が富士山頂観測所に勤務したのは、昭和七年から昭和十二年までである。年に三回か四回は、一カ月交代勤務で富士山頂にいた。毎晩、東京の灯を見て早いところ勤務が終って、あたたかい東京へ帰りたいと思っていた。だが、私の見たのは東京の全部ではない。剣ヶ峰に立って東を見ると、噴火口をへだてて反対側の、伊豆ヶ岳の峰が、東京方向の視界をさえぎることも事実である。地図を前に置いて、さあほんとうに見えますかなといわれると、自信がぐらついて来た。正確な地図や資料を集めて、計算をして見ると、剣ヶ峰から気象庁は見えるか見えないかの、きわどいところにあることがわかった。同じ剣ヶ峰でも、場合によって見えるところと見えないところがでて来るし、建物の高さも微妙に効いて来る。一メートルとか三〇センチぐらいの高さが問題になって来たのである。

こうなると、それまでの地図や資料だけにたよっているのは、危険であるから、実際見えるかどうか、実験して見ようということになった。実験には夜がいい。ところが、私の登っていたころとちがって、今はスモッグが多くて、天気がよくても、東京から富士山が見えるという夜は、非常に少ない。台風の過ぎ去ったあととか、強風が吹いて、煙霧を吹きとばしたあとなどのチャンスにめぐまれないと、この目視観測はむずかしい。それでも、やっておかねばならないので、剣ヶ峰の富士山頂測候所と時間を打合せては、長いことそのチャンスをねらって、とうとう視通テストに成功した。夜間富士山頂測候所の屋根でマグネシウムのフラッシュをたくのを、東京で観測したのである。

十二月ともなれば、富士山では風が強い。厳重な装備をして外へ出ても、長い時間いることは危険であった。こんな困難な状況下での、このテストの成功は、その後の仕事の進行に非常に役にたった。その夜、富士山頂の方向に望遠鏡をセットして、今か今かと、フラッシュの信号を待っていた人は、突然レンズの視界を横切る流星群を見てびっくりした。それは流星河というのにふさわしいものだった。フラッシュの光芒《こうぼう》が風に吹きとばされて、そう見えたのである。風がなかったならば、フラッシュは一瞬の輝きとともに消えうせてしまうから、望遠鏡で発見するのは困難だったに違いない。フラッシュの光芒を引延ばしてくれたので、望遠鏡の片隅に捕捉できたのである。富士山レーダー工事は、昨年の夏からはじめられた。私は八月の上旬、何年かぶりで富士山頂を訪問し、夜、剣ヶ峰に立った。星はよく見えたし、ふもとのあかりもよく見えたが、東京の灯は、煙霧の中にひとかたまりになって見えるだけで、どこがどこやらわからなかった。

冬富士の突風

今冬も、はや富士山で、何人かの遭難者を出した。山には、いろいろあるけれど、富士山ほど夏と冬で、そのたたずまいが変る山はない。夏の間はだれだって登れる平凡な山で、四歳五歳の子どもから七十歳近くの老人まで登る。ふもとから頂上まで人の列がつづき、途中の石室《いしむろ》には電灯がついているし、頂上の小屋も、けっして立派とはいえないが、こうこうと電灯が輝いている。頂上には電報電話局があって、東京と即時通話できる。電話局の外へ出れば、登山者が肩にかついでいるトランジスターから流れ出る歌声が聞えて来る。三七七六メートルの富士山にいるという感じは全然しない。

ところが、一雪降ったとなると、富士山は、がらりと性質がかわる。巨大な砂山からヒマラヤ級の山に変ぼうするのである。冬富士がヒマラヤ級だといわれるわけは、富士山特有の氷と、頂上近くの突風にある。山肌に固着した霧氷に強風のブラッシュがかけられて磨きあげられ鏡のような蒼氷《そうひょう》になる。アイゼンをつけて登っても、その歯が完全にくいこまないほど堅い氷となる。こういう氷が山はだにつくのは、富士山にかぎったことではない。三〇〇〇メートル級の山なら、どこにだって多少はある。ただ、そのありかたが富士山とは違う。富士山では八合目あたりから頂上にかけて、大体このような氷雪だから、しまつが悪い。

もっとも御殿場口から登って、八合目下の長田《おさだ》尾根に取りつけば、この危険はある程度さけられるけれど、安全なルートより、危険なルートの方が昔も今も冬季登山者は好んでいるようである。遭難の原因はルートの選択にもある。このたちの悪い蒼氷の上を、一歩一歩、確実にアイゼンの歯をくいこませながら高度をかせいでいく気持は、またとなくきびしいものである。アイゼンの歯を垂直に氷に当て、正しく体重をその上に移しかえていかねばならない。もしこの操作を誤ってすべったらおしまいである。身体はつるつるの氷の上を下界に向って矢のように流されていく。持っているピッケルで止めようとしたって止るものではない。ピッケルは金属性の音をあげてはねかえされてしまう。雪渓ですべり止めの訓練を受けていたからといって、富士山八合目では通用しない。

それは技術の差でも訓練の差でもなく、富士の氷がそうだから致し方がない。従って冬富士では倒れた瞬間が死の瞬間だと考えればよい。いかなることがあっても倒れてはならないし、そのような状態が起る日に登ってはならないのである。風の強い日は特にいけない。それも突風が一番悪い。通常強い風が吹いて来る前には前兆として弱い風がおこり、次第に強くなって来る。そういう風だったら、十分身がまえる余裕がある。ピッケルのピックを堅い氷になんとかぶちこむ時間はある。ところが冬富士の突風は、ぜんぜんその予告なしに、いきなりがんと来る。強さだけではなしに、その方向だってわからない。背後から襲われるか、前から来るか、横っぱらにどんと来るか、全然、見当がつかない。

もっとも、その吹き方も、場所によって、おおよそ決っているし、その前兆も全然ないというわけではない。妙な静けさが続いたあとだとか、連続して一定方向に一定風速の風が吹いていた後などに、文字どおり突然現われる。こんないやな風がなぜ吹くかという理由は簡単には、いいつくされないが、主たる原因は、冬季の季節風が富士山体に当って作り出される風の渦と考えればいい。あんな図体の大きな孤峰が季節風の中に立っているのだから、風の当る反対側は、非常に乱れた風が起るのは当然である。

私がはじめて冬富士に登ったのは、昭和七年の十二月から翌年の一月にかけてであった。以来、昭和十二年に富士山頂観測所勤務を去るまで、この突風はほんとうにこわかった。突風が来ることはだれにも予知はできないから、自分で自分の身を守るしかなかった。寒いけれども、防寒ずきんをすっぽりかぶっていては危険である。ずきんの耳穴はちゃんとあけておいて、ほんのちょっとした前兆でも、聞き逃すまいと気を配ったものである。冬季富士の場合、人をたよることは事故を拡大することになる場合が多い。一蓮託生《いちれんたくしょう》という言葉がある。あんまり、いい感じの言葉ではないが、ザイルにつながっていた四人のパーティーのうち、ひとりが突風にやられてスリップしたために、四人が全部死んだ例があった。よほどのザイル技術の熟練者でないと、不安定きわまる蒼氷の上で自分の身を確保した上、相手の滑落を止めることはできない。

私は冬富士に出かけるという人には、御殿場口の気象台ルートをすすめている。このルートは三十年かかって気象台職員三人の尊い犠牲の上に開発されたものである。どうしても冬の富士山に登りたいならここを選ぶがいい。

馬小屋に埋められた人

以前に私は「凍傷」という小説を書いたことがある。昭和の初め、中央気象台の佐藤順一技師が六十歳の年齢をおして、冬季富士山頂に登山し、約一カ月間の気象観測をおわっての帰途凍傷にかかった話である。

「黙ってさし出した佐藤の両手を梶がよくかわいた藁束《わらたば》で力一杯たたいていた。両手の指先の二節《ふし》あたりまでが蠟《ろう》のような色をしていた。佐藤は歯をかみしめて、梶の藁束に打たれる指先にやがて血が通って来るのを待っていた。梶は佐藤独得の凍傷の荒療治をさせられる度につらい思いをした。こんな苦労までして……」

この佐藤氏独得の荒療治の方法は、佐藤順一氏に直接聞いて書いたことである。古来から凍傷に対する民間療法は、いくとおりかあったが、多くは雪でこすれとか、手でもめとか、そういったもので、凍傷の部分を急激にあたためることを極度に警戒していたようである。凍傷の部分を湯の中に入れるなどということはてんから問題にされていなかった。

終戦後間もなく、吾妻《あずま》山のふもとのぬる湯というところに行ったことがあるが、この主人の二階堂さんは凍傷について新しい見識を持っていた。凍傷にかかった部分はまず湯に入れてあたためてやらねばならないといっておられたが、最近発表された凍傷の予防と応急手当法（ブラドフォード・ワシュバーン著、吉沢一郎氏訳）を読んで見ると、温泉に入れるのが非常に効果的な方法だと書いてある。なおこの中には、氷のような水、または雪を凍傷にかかった手足につけることは、火傷をした足をストーブの中へ突込んで手当をするのと全く同じことになると書いてあった。

私の父から聞いた話だが、昔村の者が、木を切りにいって大ふぶきに出会い、凍死寸前のところを救助されて、そりにのせられて村へ帰って来た。男は凍った衣服をはぎ取られ、野良着に着せかえられて、そのまま家には入れず馬屋の中に首だけ出して埋められた。やがて元気になり、ずいぶん長生きをしたそうである。

私の父の幼いころは村中例外なく、馬屋を持っていた。馬屋は家の南側の一番生活環境のいいところに設けられていた。馬が唯一の労働源であった往時、いかに馬を大事にしたかがよくわかる。馬屋には藁や乾草がほうりこまれ、馬のはいせつ物と共にふまれていると、発酵し、やがて堆肥《たいひ》となる。堆肥の中へ手をつっこむと熱く感ずるぐらいの温度になる。今でも山村で庭につみあげた堆肥からもうもうと湯気を上げているのを見かけることがある。周囲は雪がつもっているのに堆肥の上だけは雪がとけている。堆肥の中の温度は十七、八度ぐらいだそうだが、この中に埋めこまれた凍えた人にとっては、適温だったかも知れない。それにしてもくさかったろう。この処置が医学的によかったか悪かったかは、専門家の方々に批判していただくこととして、こういった凍傷処置法が私の村にあったということだけをここに書きとめた。

昭和十八年から終戦まで私は満州にいた。冬季ハイラルに出張して零下四〇度の痛いような寒さにも会ったことがある。たしか、ハイラルからの帰途の汽車だったと思う。偶然隣合せた軍人から、すさまじいような話を聞いた。凍傷の処置法である。

「口でいったって兵隊にはわからないから……」

と前置きして彼の話した内容を要約すると、一個小隊の兵隊を零下四〇度近い営庭に整列させて、いっせいに手袋をはずさせる。その手を前にあげて、じっとしているうちに、凍傷は指の先端からはじまる。苦痛にたえかねて声を出したり、手をひっこめたりするとぶんなぐられるから、じっとがまんしているうちに、指の先端は白蠟化して来る。そこで前列廻れ右の号令をかけさせて、手袋でお互いの指先をマッサージし合っているうちに、血がかよって来る。一生懸命やらないと、指をおとすことになるから、兵隊たちの顔は真剣そのものだったということだった。

実際こんな凍傷訓練を関東軍の一部でやったかどうかは私は知らない。見たことではなく聞いた話であるからその真偽のほどはわからないが、なんだか、実際にあったことのように思われる。

今では防寒具がよくなったし、凍傷に対する正しい知識も普及されたから、昔のような独得な処置を取ることはなくなったようだが、凍傷にかかるチャンスがなくなったのではない。冬山にいどむ人たちは、凍傷という悪魔にかみつかれないように十分な用心をお願いしたい。

山の遭難は防げないか

青森県の岩木山で高校生の遭難があった。五人のうち一人だけが、五日間の苦闘の末、ヘリコプターに発見され、捜索隊によって救助された。新聞によってその遭難経過を見ると、この登山計画に、かなりの無理があったようにも見受けられる。学校側にも大いに反省すべき点があったようだ。高校生たちが、岩木山へ登る届けを学校側に届けてあったにしても、なかったにしても、今となればあとの問題で失われた生命も取り戻すことはできない。

救助された高校生には、気の毒に思われるような質問が発せられていた。その質問の一つに、岩木山へまた登る意志があるかどうかというのがあった。行きますと彼は答えている。この回答の中に、青少年がいかに山にひかれているかの一面がうかがい知れる。

山で遭難が起ると、遭難した人、その関係者たちは、多くの場合被告の立場に置かれて、世論の袋だたきにあう。なぜ無謀な登山をやったのだ、遭難によって多数の人に迷惑をかけることを知らないか、親たちの悲しみを考えないのか、山での死を美化し過ぎてはいないかなどの声である。なかにはてんから山へ行く人たちを気ちがい扱いにしているものさえある。

なぜ遭難が起るかについては、遭難が起るたびに語りつくされていることで、山の軽視、経験不じゅうぶん、リーダーの無能等々、いつもいわれることはきまりきっている。山の遭難がなぜ起るかをいう前に、われわれは、若ものたちがなぜ山へ行くかを考えるべきである。遭難数の増加は登山人口と比例している。遭難を減少させるには、無理な登山をやめさせるにかぎる。極端ないい方かも知れないが、若ものたちが山へ行かなくなれば遭難はなくなる。

私は山が好きで今でもよく山へ出かける。山好きな友人もたくさんある。大体、山の好きな人は堅実な思想を持った人であり、なにをやっても、根気が強く、責任感が旺盛《おうせい》である。信義に厚く、社会生活において人の頭にたつべき人たちである。中には例外があって、孤高を好み、人との融和に欠けているものや、自信過剰のために、しばしば無謀な行動をして世人の非難のまとになるものもあるが、その数はごく少ない。

山好きな青年たちとよく話しあってみると、彼らが山へ行くのは、マンメリーがいったように、山があるから山へ行くのではないらしい。そういう人もごくわずかはあるだろうが、どうも現代の山へ行く青年たちの気持は、山があるから山へ行くのではなくて、山以外に行くところがないから山へ行くのではないだろうか。

彼らは青春のやり場を求めている。健康な肉体と精神を持っていればいるほど、よごれた社会生活は見ていられなくなるだろう。彼らのけがれない心身をまともにぶつけていっても悔いのない、青年の場は、今や日本のどこを捜しても見当らないと彼らは考え、最後の安住地を山に求めて行くのではないだろうか。戦後、登山人口が急増していく原因は、よごれた社会生活への不満が大きな要因をなしていると私は考える。殺人、強盗、汚職、誘かい、交通地獄、悲惨きわまる大量殺人事故、それらの社会不安に輪をかけたように、テレビからはピストルの音と女の悲鳴がとびだしてくる。物価の問題にしろ、住宅の問題にしろ、なにひとつとして、不安でないものはない。どこかが狂った感じ、なにかがまともでない、無責任なその日暮しの毎日の中で、青年たちは一体なにを考えているだろうか。

「山しか行くところはねえものなあ」一昨年の夏、鹿島槍で知合った工員さんがいった。「山にはいると、生きていてよかったと思うんですが、東京へ帰ると生きているのがいやになる」去年、谷川岳の帰りに列車の中で知合った青年がいった。「山へ行く理由なんかないわ。でも山へ行くと、自分自身の心がとってもすなおになるわ。山から帰るとお母さんがいうのよ、お前、とてもいい子になったわねって、でもしばらくたてばだめなのよ、また悪い子になっちまうもの……」山好きのお嬢さんがいった。

この工員さんも、青年も、お嬢さんも、特に変った人ではない。ごくありふれた人たちである。もしも、山に代るような場が彼らの身近にあったならば、なにも無理して、混雑した夜行列車に乗って山なんかへ出かけなくてもよいはずである。

世の識者たちはここでもう一度、山しか行くところがねえものな、という青年たちの気持を考えてやるべきである。山の遭難は山で起きたことだけれど、その原因は現代日本の世相に根本原因はあるのである。われわれが遭難という 結果だけをとらえて、無謀だ、バカだと死者に鞭《むち》打つようなことをいっていたのでは、純情な青年たちはいよいよ山へ逃避し、遭難は増加の一途をたどるであろう。

冬山はそっとしておけ

日本ほど天気の変りやすい国はない。そのことは、外国を旅行してみるとつぶさに感じられる。ヨーロッパの国々を歩いていると、ホテルや駅やオフィスの入口などに気圧計をよく見かける。いわゆる晴雨計というもので、気圧のあがりさがりで天気をおおざっぱに判断する器械である。行ったばかりには、なぜこんな器械があっちこっちに置いてあるのか疑問に思ったが、スイスのあるホテルに泊った時、そこのおやじがこの気圧計を見て、あすは雨ですよといって、ほんとうに雨になったから、その器械の存在価値を再認識した。

日本においても一般的にはこの通則が当てはまって気圧が下れば天気は下り坂になる。だから気圧計を置いていて天気を判断すればいいのだが、あまりそういう器械にたよっている人を見かけないのは、日本という国の気象は、気圧だけでは予測し得ない複雑なものであるということを、間接的に証明するようなものである。気圧が下ったって、必ずしも雨になるとは限らない。そんなふうに単純に天候の見定めがつけられるなら、気象庁はいらなくなる。気象庁には気象の専門家がおおぜいいても、なおかつ、天気予報はしばしばはずれる。日本列島という地理的環境と、日本列島の中部を走る山脈の存在が、日本の気象を複雑にするのである。

それでも冬山の天気と夏山の天気とをくらべると、その狂暴さは別として、冬山の方がかなりはっきりしたかたちを取っている。だれにでも説明しやすいお天気の様相だといったほうがいい。

冬になると大陸の高気圧が発達して、大陸から日本列島めがけてつめたい風が吹き出してくる。この風は、日本海を横断する時にたっぷり水蒸気をかかえこんでくる。この季節風は、中央山脈にぶっつかって上昇気流をおこし、持ってきた水分のことごとくを雪にかえて、日本海側の諸地方と日本海に面している山々に落して、身軽な乾燥した空気となって表日本を吹走する。だから、日本海側は連日豪雪で、交通機関が大損害を受けているのに、太平洋側は湿度二〇%などという異例な乾燥度を示すこともある。

この一般的な説明でわかるように、冬季においては日本海側の山々は連日降雪があり、ふぶきだと考えたら間違いがない。立山連峰などはその代表的なもので、愛知大学の山岳部が遭難した薬師岳あたりも、尋常一様な手段では近づきがたいところである。立山連峰と穂高連峰とは隣合せているけれど、冬山の気象はずいぶん違う。立山連峰は冬の季節風に対して盾の役をするから、この連峰は異常の降雪をみるけれど穂高連峰はそれほどでもない。もちろんかなりの積雪だが、立山連峰にくらべるとずっと少ない。天気も立山連峰にくらべると、穂高側の方が晴天日数が多い。

冬山といっても、北は北海道から南は沖縄までずいぶんとあって、それぞれの山がそれぞれの特色を持っていて、一概にどうだこうだといえない。ごく大ざっぱにいって、日本の冬山の半分は白魔の乱舞するところと見たらよい。じゃあ、あとの半分は天使が舞っているかといったら、そうではない。雪が少なくとも、風が強い、風速一メートルを体感温度に直すと約一度温度がさがる勘定になる。三〇〇〇メートル級の冬山は、いつだって一〇メートル以上の風は吹いていると見なければならない。かりに大阪のある冬の日の午後が摂氏一五度ぴったりとしよう。気温は一〇〇〇メートル登ると約六度さがる。だから大阪の近くにもしも三〇〇〇メートルの山があったとしたら、その上では零下三度になる。そこに一〇メートルの風が吹いていれば、そこの温度は零下一三度という寒さになる。実際三〇〇〇メートル級の山麓《さんろく》は大阪よりもはるかに低温だから、山の上ではもっと寒い。簡単に風といっても、山における風ほどいやなものはない。体温を奪い、雪煙をあげて視界に幕を張る。風が強ければ強いほど、地形によって風の乱れが生ずる。冬山の凶器といわれる突風はこうして起る。なんの予告もなしに襲ってきた突風に吹きとばされた例は、非常に多い。

冬山の天気は変りやすいですね、といった人がある。これはあまり適切なことばとはいえない、冬山の天気は、悪いほうに安定しているといったほうがいい。冬山は冬中ずっと天気が悪いのだ。人間が近づくことを夏まで許さないのだと考えていれば、間違いない。しかし、若い人たちは、それだから冬山は魅力があるのだという。そうだ、私も若い時にはそういって、冬山へでかけたものだ。でかけるのを無理に止めはしない。ただひとこといっておきたいことがある。いかなる場合でも、逃げて帰れる準備をしていくことだ。登山は戦争ではない。命を賭けて山とたたかうなどということほど、ばかばかしいことはない。若い命を賭けてたたかう場は、山以外にいっぱいあるはずだ。

冬山はそっとしておいて、夏山を待った方がいい、常識的にはそう考えられる。

春

〝世界一〟のピッケル

山の友人から電話がかかって来た。用件は、その友人の友人が世界一のピッケルを製作したから見せたい。できたら、富士山頂測候所で使用するように取りはからってもらえないかということだった。ピッケルは拝見してもいいが、富士山頂測候所の方の話は、お引受けしかねる。とにかくお出で下さいと日時をきめた。

会ってみると、私の想像したカジ屋さんとはちがって、なかなか近代的感覚を持った人だった。大きな木の箱を持って来て、私の応接間いっぱいにひろげて、ピッケルの話をはじめた。箱の中には、現在市場に出ているピッケルの主要部をバラしたものがはいっていた。現在のピッケルの、どの部分に欠陥があるかを研究した結果である。そのピッケル屋さんの話を聞くと、現在のピッケルの最大の欠点は木部と金属部との接合部にあるらしい。

ピッケルの頭部にさしこんである木部は、必ずしも金属部と合理的な結合をしていない。ひどいのになると、金属部と木部とのすきまのガタをのぞくために、はさみこみ（異物をはさみこんですき間をなくする方法）をしているものさえある。フィンガーと木部の接着は、総じて不出来であった。

次に問題になるのは、石突きである。ピッケルの石突きが折れるのは、埋めこみが浅いことと、接合部の甘いことである。次に木部の材料もいい加減である。さすがフシのあるものを使ったものこそないけれど、未成熟の木を使ったり、生木を使ったりしたのが多い。手で折ってお目にかけましょうというのもあるそうだ。

最後に一番大事なことは、金属の材料である。普通はニッケルクローム鋼またはニッケルモリブデン鋼でできているが、そのピッケル屋さんは、いろいろ実験した結果、ニッケル、クローム、モリブデンを配し、そのモリブデンがまた普通のものではないらしい。金属のことになると、私にはちっともわからないから、そのへんで、日本のピッケル・メーカーについて批判を聞いた。

最近は、ずいぶんひどいものが出ているらしい。業者間で本尺というのは鍛造《たんぞう》ピッケル、半尺ものというのは溶接ピッケル。半尺もののほうが、多量に製作されているというから、びっくりした。二、三年前に溶接ピッケルを持っていたがために、命を落とした事件が起きてかなり騒がれたことがあった。溶接ピッケルなら激しい打撃を受けると、折れる可能性は十分ある。いくらアクセサリーにピッケルが使われるようになったからといって、溶接ピッケルが横行することは考えものである。素人目に鍛造か溶接かは見わけがたい。値段が高いのが鍛造で、安いのが溶接だと見当をつけたらいいという説もおかしなことである。

最近、輸入されている外国製のピッケルもほとんどのものが、バラして吟味されていた。舶来ものだと飛びついていく日本人がいかにばか者だかを証明されたようで、びくっとした。私も、じつは舶来品のピッケルを一丁持っているが、そのピッケル屋さんにいわせるとあまり感心できないしろものらしい。

日本製のピッケルで最高といわれる山内のピッケルについては、ほめていた。決定的な欠陥はないそうである。山内のピッケルをほめたので、私はこの男のいうことを信用する気になった。それまで、私はこのピッケル屋さんは、口でピッケルを作る人かと思っていたが、いいものはいいといってほめたところは、ただのピッケル屋ではなさそうだ。

私は富士山頂測候所長の藤村さんに電話をかけて、とにかく、このピッケル屋さんに会って見てくれるようにたのんだ。藤村さんのいうには富士山項測候所員は気象観測のため富士山に登山するのであるから、よほど信用があるピッケルでないと使えない。今すぐ使って、いいか悪いかの結論を出せといっても無理である。そのピッケルがいいものだと折紙をつけるには何年かは、かかるだろう、とにかく一度その人に会いたいということだった。もっともの話だ。

しかし、この時勢に富士山での結果がでるまで、そのピッケル屋さんが良心的な仕事（安物はいっさい作らない）を続けていくのはなかなかむずかしいだろう。

春を告げるコブシの花

早春の花はすべて美しいが、その中でも、コブシの花は格別である。雪が消えるのが待ち切れずに、雪よりも白い花を咲かせるコブシを見ると、今年も春が来たなとほっとする。たしか島木赤彦の童謡だったと思うが、山にコブシの花咲くけれど春が来たとも知らない吾作、という一節があった。コブシは山国の子どもたちにも大人たちにもなくてはならない春告花《はるつげばな》である。子どものころ、私は日当りのいい山腹にひとかたまりのコブシの花を発見すると、もうじっとしておられなくなって、ヤブの中をかきわけて、そこまで行って見たものだ。尾根の雪は消えているが、日陰にはまだ残雪があった。コブシの花は香気の高い花である。私の通っていた中学校（現在の清陵高校）の校舎の近くにひとかかえほどのコブシの大木があって、そのにおいに誘われて、ついよそ見をしていて、先生にしかられたことがあった。そのコブシは切られて今はない。

東京にもコブシを植えている庭はかなり多い。年によって違うがだいたい、桜よりも、十日ないし二週間ぐらいは開花日が早い。そのころになると朝の出勤が楽しい。少々廻り道になってもコブシの花が咲いている庭の前を通って春を観賞する。国電の窓からもコブシは見える。吉祥寺の本宿小学校のコブシ、阿佐ヶ谷のプールの近くのコブシ、中野駅の北方高台に見えるコブシなど毎年のおなじみがあるが、最近、植えられるものより、切られていくものの方が多い。淋《さび》しいかぎりである。

　私の住んでいる吉祥寺には比較的コブシが多い。二階の窓から、ぐるっと見渡しただけで、少なくとも数本見受けられる。その中でも、傑出しているのは児童文学者塚原健次郎さんの庭のコブシである。しかしなんといっても、天然記念物的にすばらしいのは井之頭公園の弁天池のほとりにある大木であろう。この木のほとりに碑があって、

　大《だい》猷《ゆう》院《いん》家光公様お手《て》津《づ》から井之頭と御彫阿《あ》そばされたる古むしの木是なり

とある。くずした字で書いてあるので読みにくい。古ぶしと読みたいが古むしとしか私には読めないので、そのとおり紹介した。実に見事なもので、風のある日は一〇〇メートルも離れていても、コブシ特有の気品の高いかおりがただよって来る。家光が落書したから、おれもやろうというつもりでもなかろうが、この木の幹には

かなり年代がかった、しかもみもとのはっきりした落書がある。恥を後世に残したようなものだ。私はこのかれんな香り高いコブシの花のことをもう何回か書いた。ラジオでも放送した。コブシが咲き出すと、なにかに書かないとじっとしておられないのである。やはり、私と同じようにコブシ愛好家があって、ぜひ見に来いとコブシの古木の所在を知らせて下さる方もある。栃木県の小山市立第二小学校の庭にコブシの大木があると知らせて下さった方があったが、まだ見に行っていない。庭や公園のコブシもいいが、なんといっても、コブシは山の中で見るのが一番いい。私は五月の連休には、必ず、土樽《つちたる》へ出かけていくことにしている。去年は仙の倉沢、おととしは万太郎沢で連休を過した。山登りのほかに、コブシを観賞するのも大きな目的のひとつである。土樽の山の家から裏山を見ると、尾根全体がコブシの花で白く見えるほどきれいに咲いている。ここから蓬《よもぎ》峠へはいるとまたすばらしい。

新潟県の弥彦《やひこ》山にもコブシが多い。小学生が手折ろうとしているのを女の先生が、やさしくたしなめておられたことがコブシよりも美しい光景として思い出される。群れて咲くコブシの景観は残雪の立山へ行くと見られる。美女平からバスに乗って、弥陀《みだ》ヶ原まで行く途中にコブシの群落がある。私のいったのは六月にはいってすぐだったが、残雪と境を接して群がり咲いている様子に思わず声をあげたほどだった。このことをある雑誌に書いたところ、それはコブシではなく「タムシバ」という花だと教えてくれた人があった。コブシばかりほめて、一緒に咲いていた紫八汐《むらさきやしお》つつじをほめなかったのが遺憾だと書き添えてあった。

コブシは秋になると、さやが割れてクモの巣のようなほそい糸の先に、小さな赤い実がつり下げられ、それが風のまにまに揺れ動く。遠くに種子を飛ばそうとする自然の摂理だろうが、おとぎの国のままごとを見るようで楽しいものだ。

私の家の庭にもコブシが三本ある。花は咲き、実もなるが、糸の先につりさがる芸当はまだ見せてくれない。若木のせいかも知れない。

連休と山の遭難

五月の連休には毎年のように山の遭難がある。連休だから山へ入る登山者の数が多いことと、五月という月が、高い山では未だに冬の領分に入っているからである。下界では五月といえば桜がとっくに散って、春たけなわ。暑くなく寒くなく一年中で一番いい気候であるが、高い山には、まだ雪がどっさりあり、春というより冬といったほうがいい。四季は、下界において通用することばで、高い山には夏と冬しかないと見るべきであろう。少なくともそういった気持で山へ入れば間違いがない。

もっとも、山のベテランにいわせれば、春山も秋山もちゃんとあり、それぞれ季節に合った様相をしていて、登るほうも、それに対応した準備をしてでかけるから問題はない。山をあまり知らない人が、この春山ということばをそのとおり受取るとたいへんなことになる。

私は毎年、五月の連休を利用して谷川岳へでかけていく。年によっていくらかは違うけれど、この季節の谷川岳連峰は、稜線の雪がとけたところもあり、とけないところもあるといった状態で、一歩谷や沢に踏みこめば、雪がいっぱい。それも水を含んだいわゆるくされ雪というやつで、足を踏みこむと股《また》のつけ根まで入ってしまう。

土樽山の家を出て吾策新道をものの二十分も歩かないうちに、もう残雪のとりこになってしまう。それでも、春はやはり春だという証拠のように日当りのいいところは、シュンラン、ホトケノザ、イワカガミ、谷川岳特有のイワザクラ、コブシ、マンサクなどが美しい花を咲かせている。それらの花も、一時間も歩けば見えなくなり、どっちを見ても雪ばかり、ただ、ブナやナラの木の根元の雪が丸くとけて、ぽかっと大きな穴があき、木の根元にだけ黒い土を見せているのは春の近いことを思わせる。五月の連休の土樽には相当の数の登山者が入ってはいるが、それほど目につかない。

ところが土樽からトンネルひとつ越えて土合《どあい》へ出るとすっかり様子は一変する。土樽の静かなのに比較して、土合は非常に騒々しい。天神平のスキー場の登り口までバスがつづき、往年の土合の静寂さはない。しかし、ここから離れて、旧道をマチガ沢の方へ歩き出すと、日かげに残雪が見える。去年の連休の日に私はこの道をひとりで歩いていた。ルックザックを土合山の家にあずけて、軽装で谷歩きとしゃれこんだのである。

途中で登山姿の高校生に会った。三人とも重装備であり、服装から、相当な山屋だと思われた。岩登りですかと聞くと、今夜一の倉出合でキャンプしてあす本谷を登るとのことだった。天気予報によると、明日の午後から雨ということだが、岩登りには気をつけて下さいといったら、雨がこわくては岩登りはやれないという勇ましいこたえ方だった。

その人たちと別れてマチガ沢に入ると、その入口になんと百八十あまりの赤、黄、緑のテントの群れが道をはさんでぎっしり設営されていた。マチガ沢は雪がいっぱい、その沢はスキーヤーでぎっしりつまっていた。一の倉沢に廻りこんで見ると、テントの数はずっと少なくなったが、それでも百余り、幽の沢に入ると急にテントは少なくなり、約三十ほど。芝倉沢に入ると、あちらこちらにぽつぽつと点在しているだけだった。

どの沢も雪がいっぱいで冬と少しもかわりがない。これだけの人が岩登りにおし出している最中に天気が悪くなったら、たいへんなことになるがと心配だった。

遭難が起きたというニュースを聞いたのはその翌々日、仙の倉沢でキャンプしている時だった。天気予報どおり天気が悪くなり、岩場がすべって幾人かの人が亡くなったり、怪我をしたりした。谷川岳の岩壁はすべりやすく、谷川岳を熟知している山岳会は、雨の日は絶対に登攀をやってはならないことになっている。ベテラン登攀家たちでも、それほど注意する岩壁なのに、あの高校生は大丈夫だったろうかと、おととい会った三人のパーティーのことが気になった。

山をおりてから新聞をくわしく読んだが、遭難した人たちは、その高校生でなくてほっとした。考えて見ると、あの高校生たちは、ほんとに岩に登るつもりであんなことをいったのか、私の前で単に強がりをいったのかよくわからない。後者だとすれば、私が余計な心配をしたことになる。

五月の連休の山登りもいいが、あまり危険なところへ近づかない方がいい。雨になっても雪になっても、真冬とくらべて、ぬれ方がひどいから、いよいよ始末が悪くなり、従って遭難のチャンスも多くなるのである。五月晴《さつきば》れということばは、旧暦の五月、つまり今の六月の梅雨の季節に現われる晴天をさすのであって、現在の五月の晴天をさすのではない。五月は、一般的にいって晴れの多い月ではない。むしろぐずついた天気の日が多い。登山にはあまり向かない月である。

富士山頂からスキーですべり降りた最初の人

富士山は、なにかにつけて日本一の対象に引出される山だ。日本一高くて、日本一美しいのだから当り前のことではあるが、この富士山をめぐっての日本一の記録の種類もずいぶん多い。富士山登山競争の記録、富士登山の最高齢者の記録、最年少者の記録、富士山頂連続滞頂日数の記録、冬季富士登山の各ルートの記録、重量物運搬の記録、乗物で登った記録、変ったところでは高アシダで登った記録、結婚式を挙げた記録、数えたらきりがないほど記録が多い。記録である以上、なにかしっかりしたものに発表されてなければならないのだが、それがないために、自称記録保持者もかなり多いようだ。別に他人に害にもならないことだから、だれも文句をつける人もいない。

このあいだ、富士山頂測候所長の藤村さんと会ったときに富士山項からスキーで滑りおりた最初の人はだれであろうかと話合った。最近スキーが盛んになり、頂上までスキーをかついで登る人がぼつぼつ見えるようになったので、この際、この間題を明らかにしようということになったのである。

藤村所長は富士山頂測候所創立（昭和七年）以来と期間を限定して、それは多分勝田さんとその友人ではないかと答えた。実は藤村さんにいわれるまえに私自身もそう考えていたのである。偶然私は勝田さんとその友人が富士山頂からスキーですべり降りた時に、頂上測候所の交代員として滞頂していた。前夜、大雪が降り、頂上でも三〇センチぐらいの積雪だった。それに、富士山名物の風が吹いていなかったのでスキーでおりられたのである。その時の記憶はあるが、さて、その日が何年の何月何日だか、私も藤村さんもはっきりしない。富士山頂測候所が東賽之河原《さいのかわら》にあったころだから昭和七年の冬から昭和十一年の春までの間であったことだけは分っていたが、当時の滞頂日誌は戦災で焼けてしまってない。とにかく勝田さんに会って聞いてみるがいいということになったが、その勝田さんがどこにいるやら分らないのでそのままになっていた。

ところが昨年の秋、ある婦人雑誌の座談会の席上で、勝田さんという美しいお嬢さんに会った。話している間、そのお父さんの東京大学助教授、伝染病研究所勤務の勝田甫さんが私の捜している人だったことが分った。早速、勝田さんに電話をかけたところが、当時、勝田さんは東京市立一中を卒業したばかりで同行者は千葉大学医学部教授筧弘毅（当時東大医学部学生）であることが分った。ルートは頂上測候所からスキーを履いて約三〇センチぐらいの積雪の中を不浄沢に出て、一挙に太郎坊まですべり降りたということだった。なお資料を正確にするために、筧さんに問合せてもらったところ、それに間違いがなかった。さて、その月日であるが、これがまたはっきりしない。前後の事情から、昭和八年、九年、十年のいずれかの年であること、天長節の日であることの二つの点は、はっきりしているが、年については分らないということであった。それはこっちにおまかせ下さいと富士山頂の気象観測記録のうち平均風向風速だけを取出して調べて見たら次頁の表のような結果がでた。

次頁の表で見ると昭和八年の天長節は暴風だから、スキーではおりられない。昭和九年も、西風の強風が連日吹いていた。雪の降った形跡はない。昭和十年を見ると、四月二十七日から南の風が吹きこみ、二十八日、二十九日は冬にしてはまれに見る風のおだやかな日となっている。当時の天気図を見ると、中部一帯に雨、山岳地帯には雪を降らせている。二十八日に富士山頂に積雪があったことは間違いない。

	昭和八年	昭和九年	昭和十年
四月二十七日	NNW 四〇・八	NNW 一九・〇	SSW 一四・七
四月二十八日	W 二六・三	W 二二・八	SW 九・三
四月二十九日	NNW 三五・〇	W 二三・六	SW 九・〇

風がおだやかなのは低気圧とともに南の風が吹きこんで季節風をおさえたのである。

以上の記録より判断して、勝田甫さんと筧弘毅さんの御両人が昭和十年四月二十九日に、富士山頂より太郎坊までのスキーによる滑降記録を作ったことは確実である。この御両人はスキーの技術も天下一品ながら幸運にもめぐまれたのだ。富士山には風がつきものである。降りつもった雪がそのままで朝を迎えたなどということはめったにないことである。百年に一度のチャンスをつかんで、この輝かしい記録を樹立したのであろう。日本スキー史上に残るべき快挙であった。

バランスをくずしたら一巻の終り

フランスの国立登山学校の実習教程の中には、丸太渡りがあるという。スイスのガイドも、一人前になるまでには、いやというほど丸太渡りをさせられるそうだ。フランスやスイスばかりではない。日本でも、ある山岳会の新人訓練で丸木橋渡りをやっているのを見たことがある。登山においてはバランスがたいへん必要である。特に岩登りとなると、ほとんどバランスによって成功、不成功がきまるといっても過言ではない。クツ先がかかるか、かからないかというような岩壁をよじ登っていく場合、バランスをくずしたら、えらいことになる。

せまい尾根道を歩いている時だってバランスは重要である。山を歩いていて気がつくことだが、疲労してくるとバランスがくずれ易くなる。転ばないでいいところでころんだり、すべったりする。その場所が転んだりすべったりしても大丈夫なところだからいいものの、ところによっては命にかかわる。年を取ることもバランスの上に非常に効いてくる。あたり前のことだが実際に、ひどい目に合わないと身にしみてはこたえない。

三十六年の五月の連休には谷川岳万太郎沢に入った。三日間のテント生活が終り、いざ帰るというときになってたいへんな目に合った。直径二〇センチほどの丸木橋が小川にかかっていたが、たいしたことはないと気にもかけずに渡ったところ、途中でつるりと木の皮がむけたので足を滑らして川へ落ちこみ、腰から下を冷水の中につけてしまった。雪溶水だからそのつめたいことといったら息の根もとまるほどだった。一緒に行った連中に引張ってもらって川からはい上ったが、着かえがたいへんだった。

他人の見ている前で、いい年をして、はだかになるのは、あまりみっともいいことではない。つくづく身にしみて年齢を感じた。このことがあってから、山へ行って丸木橋を渡る時には、必要以上に慎重になった。日ごろの心掛けが必要だと思うから、歩道のすみを踏みはずさないようにわざわざ歩いたり、家の庭で目をふさいで一直線に歩く練習をしたりした。いつだったか駿河台の坂を登っていくと、上から、歩道のすみを伝うようにして下って来る人がいた。同じようなことをする人もあるものだと、よくよく見たら深田久弥さんだった。

やはり私と同じようにバランスの訓練をしておられたのではないかと思う。このごろ私は山へでかける前に丸木橋のことをひとに聞いたり自分でもよく調べたりするが、丸木橋を一度も渡らずにすむようなところは、ほとんどない。一度か二度は必ず渡らねばならない。問題は川に落ちた場合のことで、ぬれることぐらい平気だが、生命にかかわることにでもなったら、それこそ笑いぐさになる。今度の五月の連休には上高地から涸沢《からさわ》へはいった。奥穂高へ登るためだった。

この計画を立ててすぐ気になったのは、横尾本谷の橋のことである。夏にはしっかりした橋がかかっているからちっともこわいことはないが、本谷の雪がすっかり溶けきらない五月の連休に、あの橋はどうなっているかが心配だった。Aに聞いたら、大丈夫ですよ、ちゃんと橋は夏のままになっているという。Bに聞いたら、横尾本谷は雪がいっぱいで橋は出ていない。本谷ぞいに雪の上を歩いていくのだという。Bは、十日ほど前に涸沢に入った人から聞いたのだという。また聞きほどあやしいものはないが、どうやら本谷はかなりの雪らしい。上高地について、下山してくる人に橋のことを聞くと、板をはずして丸木橋のままになっている。板をはずしておかないと、なだれに橋をそっくり持っていかれるからだそうだ。丸木橋といっても、丸太が三本かけてあるから危険はないということだった。

その人の言ったとおり、横尾本谷には三本の丸太が渡してあった。一本の丸太はかなり太いが真中の丸太と進行方向（登り方向）に対して右側の丸太はほそかった。さして危険ということはないが、橋の下には岩をかむような音を立て雪溶水が流れているし、ごつごつした岩石が顔を出している。事実この丸太橋から落ちて怪我をした人も何人かいることだし、あまり気持がいいものではなかった。なんでもここから落ちた人のピッケルが、まだ拾えずにそのままになっているという話だった。

幸いだれも見ていないから、ゆっくりゆっくりと、一歩一歩丸太を踏んでいった。両端がしっかりと打ちつけてあって、ぴくりともしなかった。それほどの恐怖感もなく、渡り切ってしまってうしろを見ると、いつの間に追いついたか、アベックさんが、にやにや笑って見ていた。私のへっぴり腰がよほどおかしかったらしい。

行きはそれでよかったが、帰りには、この橋の下の河原で二十人ほどの登山者が休んでいた。ここは谷間になっていて見るものがないから、どの人も橋を渡る登山者を、ながめている。見られていると思うと、どうもバランスがうまく取れないものだ。なあに見たいものは勝手に見るがいい、笑いたいやつは笑えばいいんだと割切ったつもりでも、私のへっぴり腰に集中する視線を感ずると、ひざ小僧が笑った。それに二日間の山歩きで、私はかなり疲れてもいた。どうやらこうやら橋を渡ると、前にもうしろにも登山者がずらっと並んでいた。笑っている顔は一つもなかった。私の渡り方がおそいのを怒ってぷりぷりしている顔ばかりだった。

早春の山

早春の山はどこの山も美しいが、信州から越後にかけての山の美しさはまた格別である。長い冬が過ぎて、雪が消え、いよいよ春となるたたずまいのできた山は、あらゆるものに春のいぶきが感じられて楽しいものである。

雪崩のあとや雪汁《ゆきじる》のあとをそのまま残して、今はすっかり雪が消えて、前の年の枯草の伏し倒れたあとを歩いていくと、木々の葉芽《ようが》にその辺まで来ている春を嗅《か》ぎ取ることができる。枯草の根っ子にはちっちゃな芽が出ているし、すべすべしてよく光るイワカガミの葉のかげにはつぼみが見える。

こうなって来ると尾根筋の日当りのいいところにぽつりぽつりと白いものが見え出して来る。コブシの花である。春の訪れを告げる花である。そしてさらに五日もすると、尾根のあちこちに残雪のように白い模様となって咲き乱れる。気品の高いにおいのする花で、このにおいを嗅ぐと春になったなとつくづく思うようになる。もうじっとしてはいられなくなって、山の中をあっちこっちと歩き廻っていると、小さい黄色い花の集合したマンサクの花に行き当る。これも春告花の一つである。そう強いにおいは持ってはいないけれど、やはりこの花に行きあうとなつかしい人にあったような気がする。マンサクの咲いている根本などには、よく蕗《ふき》の薹《とう》が頭を出している。もっと水場に近くくだれば、セリや、うまくいくと、ミツバの芽を発見できる。トゲの生えた、いやにつんつんしたタラの木の先端には芽がふくらんでいるから、ピッケルでちょいと引きよせて、芽をつんで、味噌あえにして食べる風味はなんともいえない。

早春の山は残雪との境界線において、その様相を異にしている。残雪地帯に入ると、もう花もない。葉芽は固く、まだまだいつ春が来るやら、その予想もつかぬほど凍えた寒い世界に見える。しかし、残雪に一歩を踏みこめば、春のおとずれは、やはりそこにも来ている。雪の上を歩いていくと突然すぽっと大きな穴があいて、穴の下に水が流れていたりする。

木という木の根元を中心として同心円状に雪溶けがはじまっている。木の根元はちょっとしたたて穴になっている。いたるところに水のにおいと春のにおいが充満しているけれど、春を実証するものはどこにも見当らない。残雪は遠く高いところまで続き、やがて、項上近くなると、もはや、アイゼンを使わないと危険を感ずるようになる。春はここにはない。ここはまだ冬。そこを登りつめると、頂上の凍ったかたい雪と岩の世界にはつめたい風が吹いている。けれど、眼をひとたび下界に投げると、まさしく早春にふさわしい景観が展開されている。山の裾《すそ》はうすみどり色のスカートをはき、残雪の森でさえも青みがかった早春のベールをかぶっている。吹いて来る風にも春のにおいがあり、太陽は意外な高さに上っているのに気がついたとき、われわれはほんとうの春を感じ取るのである。

山男の本物と贋物《にせもの》

山の遭難は後をたたない。遭難があるたびに言われることもほとんどきまり切ったものになった。山男には感傷家が多く、山で死ぬのを本望だと思っているなどという俗説が出たりする。山男だって人間だから、一般人と少しも違ってはいない。ただ、ほんものの山男とにせものの山男とは、やることなすことずいぶん違う。

私の山友だちの中には、ほんものもいればにせものもいる。新田次郎なんかにせものの中の大にせもので山男の風上にも置けない奴だと、私に向って噛《か》みついてきたほんものの山男がいる。魚津市の出身で、佐伯邦夫、若手山岳家のベテラン中のベテラン、特に剣岳、立山連峰、毛勝《けかち》三山にかけては彼の右に出る者は数人とはいないだろう。

佐伯君の案内で三十五年の春先立山へ登ったことがある。彼が私に面と向って、山男のにせものだといったのは、雷鳥荘に泊った夜のことだった。私がにせものの山男たる理由は登らない山や岩壁を小説の場として書くからで、たとえ小説でも、そういうことは不愉快だというのである。

彼は私にかぎらず、にせもの山岳家を次々と挙げた。なかなか面白かったが、鼻水をすすっているのが気になったので、山で風邪を引いたかと聞くと、いや水泳をやらかして風邪を引いたんだという。

彼は石動《いするぎ》という小さな駅からずっと山の中へ入ったある寒村の分教場の中学の先生をしていた。私のために、連休を利用して、わざわざ出て来てくれたのである。

彼が水泳ぎをやったのはつい一週間も前のことで、分教場の子どもをつれて村の貯水池へ写生にでかけた時だった。

子どもたちはそれぞれ画の対象を選んでその辺に坐りこんだので彼もまた画帖を開いた。問題が起ったのは三十分後だった。もの音がするのでふりかえると、男の子ども二、三人が、貯水池の放水門の上に乗っていた。放水門には水中から一本の鉄の棒が突き出していた。この棒の上部に長柄のボックススパナーを取りつけて回転すると、水門が引上げられるようになっていた。子どもたちは、その鉄の棒につかまって、わっしょ、わっしょとゆすぶったのである。

「こらっ、やめろ」

彼は子どもたちを叱《しか》りつけて、水門へ走っていった。放水口から水が流れ出してコンクリートの放水溝《こう》をぬらしていた。水は前から洩れていたものではなく、子どもたちのいたずらによって流れ出したことは、放水溝の濡れ方を見れば明らかだった。

彼は水門に駆け上って、鉄の棒を調べて見た、鉄の棒を両手でにぎってしめつけようとしたがしまるはずがなかった。水が洩れ始めたのは、子どもたちが鉄の棒をゆすぶったことによって、水中の放水門のどこかに隙間《すきま》ができたものと思われた。その間隙《かんげき》をふさぐには水中に入ってしかるべき処置を取らねばならないと思った。彼は水門の上で腕を組んでしばらく考えてから、服を脱いだ。

「先生、水に入るのけえ」

と男の子どもがいった。池の氷はとけていたが、雪溶け水が流れこんでいて、氷と同じくらいつめたい水だった。

「なぜ先生が水の中へ入らなけりゃあならないのかわかるか」

彼は子どもたちにいった。

「先生、おれたちが悪かった、貯水池の水は、うちの村の田んぼの水だ、水門をいじくって悪かった」

その村は水田にたよって生きている村だった。用水が村の生命だった。そのことを子どもたちは重々知っていた。

「先生やめておくれ、こんなつめてえ水に入れば先生は死んじまうよう」

女の子が泣き出した。しかし彼は水に入った。三度潜水したが、水の洩れ口は発見できなかった。もう一度くぐろうとしたが、手足が寒さにこごえて自由にならなかった。彼は水から上って子どもたちにいった。

「お前たちの足で、この他のまわりを歩いて池の円周の長さを測って、この池の面積を出せ。それから、今洩れている水の量を計れ。一時間にどのくらいこの水がなくなっていくか、一カ月で何センチこの池の水位が下るのかを計算して見ろ。そのくらいのことはお前たちにできるはずだ」

そういってから、彼は服を身につけた。

学校から出るときの子どもたちははしゃいでいたが、帰る時の彼らはしょんぼりとしていた。

学校に帰るまでに、彼の出した問題の回答はほぼできていた。その池の減水量は一カ月に約一センチとなった。それは見逃すことのできない量だった。彼は子どもたちのやった計算をチェックしてから再度貯水池へ登っていって水にくぐる決心をした。子どもたちはなにもいわずに、彼がザイルを用意するのを見詰めていた。もしもの場合のことを考えて腰にザイルをつけて水へ入るつもりだった。

貯水池へつくと、漏水量はずっと減っていた。おそらく、子どもたちが作ったわずかの間隙には土砂が流れこんでふさいだものと考えられた。洩れ出ている水はほとんど問題にならない量だった。子どもたちの顔が明るくなった。彼はその足で、村の貯水池係に会って、貯水池の水洩れについて話した。子どもが手を触れたことや、彼がもぐったことは言わなかった。貯水係はたいして驚いた様子もなく時々そういうことがあるから、渇水期に水門の修理をする予定であるといった。

これは、ほんものの山男がなぜ風邪を引いたかについてのお話である。

その夜、私をにせものの山男とはげしくきめつけた佐伯君は、翌朝四時にはもう起きていた。朝から雨が降っていた。立山はまだ残雪が深いから、雨中の登山は危険だった。だが私はその雨の中を登ることを主張した。前夜、ラジオ天気図を引いて、天候回復を確信していたし、雨は降っていても雲は高く、視界が効いていたからである。私は佐伯君とかなりはげしく論争した結果、君はリーダーではない、私がたのんだ案内人だときめつけた。それならやろうと彼は立上った。

私たちは残雪の浄土沢を一《いち》の越《こし》に向って直登していった。途中で雨がみぞれに変った。尾根に出ると吹雪になった。その中を浄土岳へ出て、どうにもこうにもやり切れなくなったから、雨にぬれてつるつるすべる浄土岳の雪の南面を室堂《むろどう》に向っておりていった。あとで考えると、ぞっとするような山行だった。

富山駅まで私を送って来た佐伯君は、やはりあなたはにせものの山男ですよと別れる時にいった。一般常識を破って、雨中の残雪期登山を主張した私に対する、ほんものの山男の判定は辛かった。

夏

ほろびゆく自然

子どものころの行事の一つに春の山菜取りがあった。その中でもワラビ取りがもっとも面白く、家に帰って来てからの、ほめられ方もよかった。たくさん取って来て、塩づけにしておいて、冬になって食べる。そのたびに来年こそ、もっと太くてやわらかいやつを、どっさり取って来てやろうと思ったものだ。

ワラビ取りには、六月になってから霧ヶ峰へ行くことにきまっていた。霧ヶ峰でも沢渡《さわたり》あたりのワラビがもっとも美味であった。朝早く家を出て、十時ころここに達し、二時間も取ると、カマスにいっぱいになった。さがすなどという労力はいらない。まわりにあるのをただあつめればいいだけのことだった。

私が中学生、弟たちがまだ小学生のころ、弟たち二人と従弟《いとこ》をつれて、ここへやって来たことがあった。従弟の正義君は町の生れだから、私や私の弟たちのように達者に山の中をかけ歩くことはできない。それでも負けまいと一生けんめいになっている姿を見ながら、茶目盛りの私は、ふといたずら心を起して、弟たちをさそって石のかげにかくれたのである。

間もなくひと気のなくなったのに気がついた従弟はワラビ取りをやめて、私の名を呼んだ。いくら呼んでも返事はない、霧ヶ峰は広く、人っ子ひとりも見えない。従弟はついに泣声を出して私の名を呼んでいたが、とうとう彼は、広い野原にひとりでいることに耐えられなくなったのか、取ったワラビもカマスもそのままにして、もと来た道をかけ出したのである。

もうこのぐらいでいいだろうと石のかげから声をかけると、従弟はふりかえって私をにらんだが、引きかえして来ようとはしなかった。そのままなにもかも、ほったらかして帰ろうとするのである。ほんとうに怒ったのである。おれがわるかったからごめんよ、おれの取ったワラビを全部お前にやるからな、といっても、お前の家まで、お前の荷物を背負っていってやるからといっても彼は口をきかなかった。それなら勝手に山をくだれ、ひとりで帰れるなら帰って見ろやいと、おどかしたら、帰るさ、ちゃんと、ひとりで帰る、こわくなんかあるものかというのである。ほんとうに怒ったのである。怒ってしまえば、こわいものはなにひとつとしてなくなったらしかった。どうにもしようがないので、私は彼のカマスを私のカマスの上に積上げて背負って従弟のあとをついて霧ヶ峰をあとにした。

ついこの間、霧ヶ峰に行って見たがその時、私や弟がかくれた黒石はそのままになっていた。その石からそう遠くないところに旧御射山《みさやま》神社の古い祠《ほこら》と山ナシの木がある。その辺に来て周囲を見廻すと地形が階段状になっているのも昔のままである。往古この地で行われた競技場跡である。階段状になっているのは桟敷《さじき》の跡であり、それぞれの桟敷に、あれは北条の桟敷、あそこは和田一族、あのあたりに頼朝の座があったなどと語り伝えられ、記録にも残っているところである。諏訪神社の奉納の競技場として、ずいぶん、古くから開け、近くは元禄時代まであった。競技の種目は流鏑馬《やぶさめ》などいろいろあったらしい。

この付近は私の子どものころの宝さがしの場であった。この古い祠の付近の水場あたりを捜すと、当時、使用した土器がいくらでもでてきたし、赤さびのかぶら矢が出たり珍しい古銭も出た。古銭や土器捜しにあきると、栈敷にかけ上って、それぞれその栈敷の武将になったつもりで四方を見わたしたものである。

物見石を右側に見上げながら鎌ヶ池のあたりに来ると、その辺のかわり方のひどいのに驚いた。ここは高層湿原植物の宝庫だった。いろいろ珍しい草花があったが、今はほとんどその影を認められない。ここらあたりばかりではなく、沢渡付近にもあれほどあったワラビも今はそのなごりばかり。そのかわり、あっちこっちに山小屋が点在している。開くところによると、間もなく観光会社がこのあたりに大きなホテルを建てる予定だそうだ。スカイラインと称する道路がここへ入って来る計画もあるのだそうだ。

道ができ、バスが通るようになれば、たやすくだれでも目的地に入っていけるけれど、その交通機関が運んだ人間の数に比例して自然はこわされていく。故郷をはなれている者にとっては、故郷の自然はなるべくそのままであって欲しい。故郷の人たちも、そのことは、じゅうぶん考えての上の開発だろうが、目の前にほろびゆく自然を見るとつい泣きたくなる。ほろんだ自然は二度と再びよみがえらないからだ。

観光ということは、道を作ったり、家を建てることばかりではなく、いかにして自然保護を徹底するかということにあるのだと力説し、数十年来、霧ヶ峰の自然保護に努力して来た、上田貢、藤森栄一らの諸氏の奮闘もむなしく、すっかり変ぼうした霧ヶ峰には、キスゲが一面に咲いていた。この強ジンな花だけは踏まれても踏まれても夏になると花を咲かせるのだ。これだけが霧ヶ峰のなごりの花であろうか。

富士山頂で落雷にあう

富士山は雲の上にあるから、雷はないだろうなどという人がいる。子どものころ歌った唱歌にも「かみなり様を下に聞く富士は日本一の山」という歌があった。高いということを誇張しすぎると、こういうことになってしまうのである。

夏に発生する積乱雲（入道雲）は垂直に発達する特徴を持った雲であり、その背の高さが一万メートルに及ぶのもめずらしくはない。こんな雲が近づいたら富士山は簡単に飲みこまれてしまう。また富士山は高いから、しょっちゅう落雷にやられるだろうという人もある。雷は高いところに落ちやすいという一般常識から推測したのであろう。

昭和七年から昭和十七年までの富士山頂測候所の記録によると、雷は一月、二月、十一月、十二月の四カ月には見られず、三月から十月までの八カ月の間に発現する。十カ年間に七十二日観測された。年平均にして七日余になる。最も多いのが八月で、この月には二度ぐらい雷に見舞われるかんじょうになる。

ところが落雷のために富士山頂測候所に被害を与えているのは、この八月の熱雷ではなく、むしろ季節はずれの界雷、渦雷によるものが多いのは興味深い結果である。つまり、すごいようで案外すごくないのが熱雷で、たいしたことがないように見えていて、大きな打撃を与えるのが、前線や低気圧の移動にともなって発生する雷である。

昭和八年の十月のことである。当時富士山頂測候所は東賽之河原《ひがしさいのかわら》というところにあった。午後の四時を過ぎたころ、シューシューとガスでも漏れるような音を聞いた。ガスボンベなど置いてはなし、へんだと思って外へ出て見ると、音はそこらじゅういたるところから発生している。それもとがったところほど音が高く、測風塔のいただきから聞えて来る音は一段とすごみをおびていた。

すぐ、これが尖端《せんたん》放電であることに気がついたが、おどろいたことにその昔は私自身の頭のてっぺんあたりからも聞えてくるのである。そして、そのあたりがなんとなくむずがゆいので、頭に手をやると頭髪が逆立って寄ってくるのにはびっくりした。手を高く上げるとゆびの先からもシューシューと怪音を発する。二十分ほど前に外に出たときはなんでもなかったのに、いつの間にか黒い筋ばった雲が富士山におおいかぶさるように近づいて来ている。

頂上はまだ雲の中には飲みこまれず、雲との距離は二〇メートルぐらいはあると思われた。光線の具合で雲は意外に明るく、下界でしばしば経験するあのどす黒い無気味な雲の動きは見えなかった。比較的乾いた微風が頂上を吹いていた。

現象自体は希有《けう》なものであり、多分に危険の前触れになるものであったが、私はそれほどこわいとは思わず、なんとかして、このブラッシュ放電をカメラにおさめようと思って、カメラを取りに部屋にとび込んだとき、初めて雷鳴を聞いた。外へ出れば危険だという警報だった。

観測当番でない所員は、いそいでその辺を取りかたづけ、なるべく部屋の中央にすわり、当番の人は、野帳を持って出たり入ったりしていた。雷鳴は引続いて聞え、まもなく頂上は雲の中に入り、真暗になった。炊事係の小見山正さん（私の小説「強力伝」のモデル）が、炊事室で叫び声をあげた。電光一閃《いっせん》、彼は電撃を感じて手に持っていたほうちょうをほうり出して、観測室にとびこんで来た。電光と雷鳴はひきつづいて聞えた。夜のように暗い外の景色が電光によって真昼間のように映し出されるのも無気味だったし、なによりもこわいのは、落雷による発火であった。

当時測候所ではガソリンエンジンを使用していた。ガソリンかんが地下の倉庫に置いてあった。もしこれに火がついたらたいへんなことになる。それが心配だった。大音響と共に私は光の中にひれふした。その瞬間私はガソリンの爆発だ、こうしてはおられないと思った。顔を上げると、直径二〇センチぐらいの火球が、壁にそってくるくる舞い歩くのを見た。それが一つのようにも、三つにも、四つにも見えた。と同時に、なにか目に見えない巨大な力でその場におさえつけられたように感じた。しばらくぼうっとなっていてはっと気がついた時には、火球は消えていた。ガソリン庫は無事だった。火球は球状電雷であった。

あとで壁をしらべて見ると、火球の通ったあとにこげあとがわずかに残っていた。人には被害はなかったけれど、電気設備に大被害を受けた。この落雷のため、数日間は外界とかくぜつされ、心配して下から人が登って来たほどだった。落雷の話はまだつづく。この次の落雷はもっとすさまじいものである。

雷が鳴ったら蚊帳《かや》に入れ

昭和二十三年の八月にはいって間もなく故郷の父から手紙があって、七月の末に大雷雨に襲われ、あっちこっちに落雷があり、橋が流されたと書いてあった。雷雨に襲われることはめずらしいことではないが、橋が流されたということが私には腑《ふ》に落ちなかった。私の村（諏訪市角間新田）は山峡にできた細長い村で、村の延長方向にそって角間川が流れているが、傾斜が急だから水はけがよく、いままでどんなに雨が降っても、はんらんしたり橋が流されたなどという話は聞かなかった。私は父の手紙の内容にたいへん興味を感じたので、食糧の補給もかねて帰郷することにした。

大雷雨が村を襲ったのは昭和二十三年七月二十八日午後三時ごろであった。そのころ私の母は家の裏の畑で乾草集めをしていた。飛行機のような音がするので、そっちを見ると矢立山（村の北北東にある山）の方から真白い滝のような雨の幕が降りおりて来た（母のいったとおり）。母は驚いて家へ逃げかえるとほとんど同時に雷鳴を聞いた。

雷雨は約二時間ぐらいで去ったらしいが、この間の雨量を、田の水を見にいった人の話や、庭に置いてあったおけにたまった量などから推測すると、もっともはげしく雨の降った三時から四時までの間に二〇〇ミリを越えたものと推測される。これだけの雨が降ったのに、三キロメートルあまり離れている諏訪市の中心部には、ほとんど雨はなく、北の方が曇ったと思ったらいきなり、濁水が流れて来たのでびっくりしたというのが実情だった。

局部的集中豪雨だったのである。私の村は南北に細長く約六〇〇メートルの長さがあり、村の上と下では高度差が一三〇メートルほどある。落雷があったのは村の中央から上部で、特に人畜の被害は最高部付近の十軒に起っていた。落雷被害を集約すると、

一、電気設備、家屋その他に被害があった家が約三十軒（約としたのは、あっても発見されないでいるものもあるから）

一、人的被害があった家七軒（いずれも村の上部にかたまっている）そのうち一時的に失神したもの六人

一、畑の被害一件

一、立木若干

一、家畜の電撃死一件（首輪をつけた山羊）

一、被害面積　長さ四〇〇メートル、幅三〇〇メートルにおよんでいると思われる

鮎沢シンさん（当時四十二歳）はその時ちょうど壁に右手をふれて立っていた。落雷とともに失神し気がついても下半身がしびれて動けず、右足の親ゆびに激痛を感じた。それから四日間は身体の調子が悪く、床下の生ぐさいにおい（落雷とともに発生したオゾン臭だろう）をかぎながら寝ていたが四日目に口から十二匹の回虫をはき出した。谷本さん（当時四十五歳）はいろりばたでキセルをくわえてタバコを吸っていたところへ落雷した。だれかに頭をなぐられたような気がして失神し、しばらくして気がついた時には両眼とも見えなくなっていたのである。目も見えないし、頭が痛く、痛む場所が毎日移り変り、特に髪の毛にふれると非常に痛く、一週間たったころ高熱を出した。この二つの例のうち前者は、壁から右手をつたわって電気がはいり、右足の親ゆびに抜けたものと思われる（あるいはこの逆かもしれない）。後者は、キセルに落ちた雷がその至近距離にあった目に抜けたものと思われる。

調べていくとほとんどの家でなにかが起きていたが、やられた人は立っている人が多く部屋のなかほどに電灯からはなれてすわっていた人には被害はなかった。軒なみにやられているのに、人的被害の起った家々の間にはさまっていながらぜんぜん被害のない家があった。家中雷ぎらいで、そら雷が来たというので、蚊帳をつって、その中にはいって寝ていたのである。立っていた母親が雷にうたれて失神したのに、その足元に遊んでいた子どもがなんでもなかったという例も多かった。竹を組んだ手にからませたキュウリと、這《は》いキュウリが隣合っていて、背の高いキュウリの方に被害があったのも、面白いし、トマトとヒマワリが並んでいて、ヒマワリの頭だけやられたのも興味がある例だった。

だれに聞いても村はじまって以来の大雷雨であるといっていた。幸いに死んだ人がなくてよかったが、これだけ広範囲の落雷現象もまた類の少ないことだった。結局、この落雷が残した教訓は、雷が鳴ったら蚊帳の中にはいって寝ろということだと村の人が口々にいっているのもなるほどとうなずけた。雷が来たら蚊帳にはいれというのはけっしておまじないではなく、なるべく部屋のなかほどに、背を低くしておれという雷よけの一般通則だとも考えられる。心得おくべきことである。

強力《ごうりき》とヘリコプター

私が富士山頂観測所の交替勤務をやっていたのは今から三十年前である。その当時は（当時からつい最近までは）ウマと人の背によって、あらゆる物資が頂上に運び上げられていた。

富士山はあまりに高く、あまりに急峻《きゅうしゅん》であるがために、ウマと人以外の方法で物資を持上げることはできないものとされていた。強力という言葉はいつごろからあったものかよくわからないけれど、富士山で荷揚げをする人たちは驚くほどの力を持っていた。九月になって登山期が終ると、それまで途中の室《むろ》などに物資を運搬していた強力たちがいっせいに観測所の荷揚げに協力してくれたもので、雪の降る前にはたいがい荷物のしまつは終っていた。

私が富士山に行っておったころ特にすぐれた強力が二人いた。一人は御殿場口の小見山正君でこの人は三十貫（約一一二キロ）近いエンジンボデーをひとりで担ぎ上げた人である。力が強いだけでなく、話もじょうずだし、どんなに仕事に疲れても、その日の日記はかかさず書いていた。観測所に勤めていたころも、その誠実な働きぶりと人柄で所員たちに深く愛されていた。

この小見山正君がある新聞社の仕事で白馬岳の頂上に五十貫（約一八七キロ）近い石を担ぎ上げて、その時の労苦が遠因となって死んだ。

小見山正君についでの力持ちというよりも、小見山君以上の力持ちが吉田にいた。志村君という人で、これはまたおそるべき怪力の持主だった。食べるものさえ食べればいくらでも背負い上げる力量を持っていて、ある時は木炭七俵を背負い、両わきにそれぞれ一俵ずつかかえこんで休みもせずに頂上まで登ったという話の持主であった。ただこの人は力が強いだけで、ほかのことにはあまり気がきかなかった。荷揚げの料金などについてもほかの強力衆がめんどうを見てやっていたようだが、ごまかされると思ったのか、私に荷揚げ量と彼のもらった料金とをチェックしてくれなどと言ったことがあった。

このほかにパドックという強力がいた。力は強くないが、強力仲間のうちでもっとも知恵者と称された男で、パドックというあだなはマラソン選手にそういう名の人がおって、黒い顔と足の速いところがその選手に似ているからつけられたものであった。

荷物はウマの背によって五合五勺とか七合八勺とかの避難小屋まで運ばれ、そこから強力衆の背によって頂上までかつぎ上げられたのだから、ウマも馬方さんも観測所にとっては非常に大事な存在であった。馬方に払う一貫匁（三・七五キロ）当りの料金と強力に支払う料金とがしばしば問題になったようだけれども、特にトラブルは起らなかった。

富士山に気象レーダーが設置されることにきまって今夏からその建設に取りかかることになると、真っ先に頭痛の種になったのはその荷揚げ方法であった。まず第一に考えられることはウマと人による輸送、第二に考えられたことはヘリコプターの輸送だった。

工事を引受けた会社は両面作戦で資材輸送の計画を立て、五月ごろ太郎坊に馬小屋の設立に取りかかった。地ならしにはブルドーザーを使用した。さて仕事が終ってブルが帰る時になって、馬方のひとりが、ブルの運転手君に、ブルでお山（富士山）へ登れるかどうかと訊《き》いた。登れるかどうかやってみようとその運転手は軽い気持で引受けて一気に六合まで登ってしまった。

こうなると馬方衆が驚いた。今さらウマの尻《しり》を追う時代ではないというわけで、急遽《きゅうきょ》ウマをブルドーザーに乗りかえることにして、各種のブルドーザーを試験して見た結果、従来のブルドーザーの一部を改良して、道さえ作れば頂上までブルドーザーで登れることがわかった。一方ヘリコプターの計画は、前々から立てられていたが、問題は富士山頂の気象状態にある。富士山頂は平均風速十五メートルはある。年中暴風の中にあるといってもいい。もっとも七月終りから八月半ばまでは平均風速も七メートルぐらいに落ちるので、この間にヘリコプターで荷を揚げようというのであるが、なかなか、そう簡単にはいかない。頂上付近はきわめて気流が悪いから、操縦は最高の技術を要する。従って一機が一度に六〇〇キログラム運ぶことができると見込んでいても、実際には五〇〇キロになり、四〇〇キロにならないともかぎらない。もう一つの問題は登山者である。最盛期になると、富士山に登る人は万を越す日が幾日かある。

登山者がおしかけるような日こそヘリコプターが飛びたい日である。登山者の邪魔にならないような場所に荷をおろすとしても、もの珍しさにそばへ寄って来る人を整理もしなければならないだろう。そんなことが案外に手のかかることになるかもしれない。

先年スイスの山を旅行したとき、山小屋作りにヘリコプターが盛んに使用されていた。そばへ寄って来る見物人の整理にたいへん苦労をしているようだった。

富士山頂への荷揚げというと、ウマと強力だという既成観念はどうやら今年からくつがえりそうだ。ウマと人がブルドーザーにかわり、ヘリコプターにかわってどんどん荷物が持上げられることになれば、近いうちに富士山名物の強力という名もなくなるかもしれない。

峠

私は峠に愛着を持っている。子どもの頃からである。おそらく峠という言葉を知らない以前から、峠に興味を持っていたように思う。私の生れた村は信州諏訪の一小村である。南北に細長い谷あいに出来た村で、周囲は山にかこまれ、わずかにひらけている両方向に諏訪平野の一部と守屋《もりや》山が見える。子どもの頃は、家の南側の縁側に立って、あの山の向うになにがあるだろうかとよく考えていたものである。小学生になってから、守屋山を越すと伊那の高遠《たかとお》へ出られることも、その峠を杖突《つえつき》峠と呼ぶことも知った。自分で歩きまわれるようになると、私の家から歩いて一日かかれば行かれるところに有名な峠がいくつもあることを知った。塩尻峠、大門峠、和田峠、杖突峠等である。

これら有名な峠のほかにも、峠は数え切れないほどあった。私の家からは諏訪湖は見えない。諏訪湖を見たければ裏山へ登ればいい、ものの三十分とはかからないところに諏訪湖の見える場所がある。ここも厳密にいえば諏訪の城下町へぬける間道とともに出来た峠である。

子どもの頃私はこういう峠に立つと必ず放尿した。峠で放尿すればいいことがあると私に教えてくれたのはその頃の村の餓鬼大将の少年だった。私たちは大将に命ぜられるままに、どんないいことがあるかも聞かずに筒先を揃《そろ》えて放水したものである。

峠を越すまでは峠の向うにひろがる見も知らない新しい景観をあれこれと想像して楽しかったが、多くの場合、その期待は裏切られて、峠の向うは案外つまらないものだった。峠は山脈の（尾根の）最低鞍部《あんぶ》に作られているから、峠に立っても、眺望《ちょうぼう》に恵まれるという機会は案外少ないものである。たしかにそこが分水嶺になってはいても、それだけのことで、地形的にはそう変ったものはなかった。

中学生になってからである。数人の学友と、夏休みに諏訪から塩尻峠を越えて松本まで歩いたことがある。今のようにむやみやたらと自動車が通らないからなかなか快適な旅行だった。この時も私はこの峠の頂上で仲間たちと揃って放尿した。やろうといったのは誰だか覚えていないけれど、ここで放水すれば、それはやがて日本海と太平洋に分れて流れこむのだという理屈をつけていた。確かに、諏訪側へ流れる水は天竜川へ入り太平洋にそそぎ、松本側へ下れば犀《さい》川を経て信濃川に吸収され、やがては日本海へ流出する。その時のよく澄んだ青空と蟬《せみ》の声が今もなお私の印象に鮮明である。

今でも峠と名がつくところの近くに行くと、なんとかして、そこへ行って見ないと気がすまなくなるのは、一種の郷愁のようなものかも知れない。

七月の終りに亀山へ行った。亀山へ着く時間が夕暮れだったから、車窓から鈴鹿山脈がよく見えた。日が鈴鹿山脈の向うにかくれると、山並みのかたちが夕焼け空にはっきりうつし出されて美しかった。

鈴鹿峠へ行って見ようと思ったのはこの瞬間だった。私はその翌日の午後の一時頃自動車で亀山を出発した。国道を飛ばして鈴鹿峠のトンネルの手前で自動車を降りた。茶屋があるし駐車場もあった。ここが見はらし台になっていた。足下に旧東海道の一部がそのまま残っていた。反対側を見ると、茶屋の背後に道らしいものが項上へ向っているのが見える。踏みこんで見たら、旧道に間違いなかったけれど大変な荒れ方だった。廃道というよりも、道の残骸といった方が正しい。足跡はなく、夏草が生いしげっていて、無気味であった。しかし、何世紀かに渡って多くの人の足に踏まれた道は一種の風格のようなものを持っていた。草が生え、土砂が崩れ落ちて道を荒していても、やはりそこは道であった。迷うようなことはなかった。かなりな急坂で、岩をけずって開いたらしい跡に来ると足がすべって困った。登山靴を穿《は》いて来るべきだと思った。傾斜がゆるくなると、道にオオバコが生えていた。その辺からあたりが急に明るくなった感じだった。今まで聞えなかったうぐいすの声が聞える。峠についたらしいが、項上だという証拠はなにもない。その辺を探しまわっていると、白い道標がある。近よって見ると、白ペンキが塗ってあるだけの道標でなにも書いてない。

峠からちょっとはずれたところに田村神社旧跡とほりこんだ石碑があった。峠から道は平らになり、しばらく行くと、無人の家があり、その直ぐ向うに石灯籠《いしどうろう》が見えた。

私は時計を見た。既に四十分たっている。帰りの汽車の時間があるのであまりゆっくりできないし、ちょっとそこまでといって頂上まで来てしまったことも気になった。自動車の中には亀山市の郷土史研究家の加藤文郎氏がいる。黙って登って来たから、あるいは心配しているかも知れない。私は石灯籠を遠くから眺めたままで元来た道を引返した。

「うぐいすが鳴いていたでしょう」

と加藤文郎氏がいった。私が無断で峠まで行ったことについて別におこってはいなかった。私は峠で見た二つの疑問について加藤氏に訊《たず》ねた。白い道標の意味は加藤氏にも分らないが、白い石の灯籠についてはいささか憤然として、

「田村神社旧跡とあるのが、ほんとうの田村神社の跡なんです。白い石灯籠の方はにせものですよ、滋賀県側が勝手に建てたんです」

と答えた。

坂上田村麿が鈴鹿峠に住む鬼を退治した伝説にもとづいて建てられたこの神社は鈴鹿峠の象徴としての意義があった。

今はこの旧道を越える人はほとんどない。地理学的な峠としては今も昔も変りはないが、人が通らない峠となれば峠の価値評価はおのずから変って来る。だが東西文化を結ぶ峠の史跡としては価値高いもので、田村神社が三重県側にあるのが本当か滋賀県側に置くのが正しいかは、はっきりして置いて貰いたいものである。

私は峠に立ったことで大いに満足した。

しかし、自動車に乗ってしばらく走ってから、峠になにか心残りがしてならなかった。忘れ物をしたのでもないし、なくした物もない。あるとすれば、子どものころやったとおりのことをして来なかったことぐらいのものだった。私は思わず苦笑してふりかえった。峠はもう見えなかった。

天佑神助

富士山頂気象レーダー基地の建設は三十八年の春から始められ、三十九年の八月に入ると、建物の方もほぼ完成し、気象レーダー機械の運搬も終了し、あとはレードーム（レーダーの大アンテナのおおいとなる穹状《きゅうじょう》ドーム）を建物の上にすっぽりかぶせるという大仕事を一つ残すのみになった。

この仕事がすめば、機械の組立て、調整は屋内でやれるから、台風が来ようが大暴風が来ようがもう大丈夫、その後の段取りはきわめて好調に進捗《しんちょく》することになる。ところがもしレードームをかぶせない前に台風が来たら仕事の上に大変な支障が起る。

レードームをかぶせない前の建物は屋根のない建物だから、風雨に弱い。暴風雨が来るとなると、そのかまえが大変であるばかりでなく、もし万一に、仮屋根が吹きとばされたら、建築中の建物全体がどんな被害を受けないともかぎらないし、運びこんである機械のほうも無事ではすむまい。なにを措《お》いてもレードームをかぶせてしまわないといけない。

このレードームの枠《わく》は大きな鳥籠のような形をしたもので直径九メートル、重量六〇〇キログラムあり、ヘリコプターで持上げる計画だった。いろいろ考えたが、結局これが一番いいということに決められたのである。

問題は吊《つ》り上げる日の天気条件であった。風速五メートル以下の日中で、雲がなく、項上とヘリコプター基地とが見とおしの利くようなときは、相手が富士山だからこそ、なかなかむずかしい。記録によると八月の富士山頂の平均風速は七メートル、夏の間は早朝のごく短時間をのぞいては雲のないなどということは考えられなかった。しかし、なんとかしてやらねばならない。関係者は協議の末、八月十五日早朝と日時を決めた。

レードーム吊りあげの日を決定した十二日には日本全体は優勢な高気圧圏内にあり、全般に好天気でこの天気は当分続きそうに見えたが、十三日にいたって突如鳥島のはるか南東洋上に台風十四号が発生し、鳥島に向って進行をはじめた。

十四日の朝になると台風十四号は鳥島付近に接近した。台風がこのまま西進すればよし、もし北上したら富士山にまともに突っかけることになる。報道関係から電話がかかって来て、明朝富士山頂にレードーム吊り上げをやるそうだが、台風下でもやるのかという質問さえあった。

台風が北上するとすれば、頂上では台風がまえをしなければならないし、来ないとすれば、明朝の吊り上げの用意をしなければならないのだ。

私は富士山頂で総指揮を取っている三菱電機の植田技師と無線電話でこの件を打合せた。植田技師は意外に落ちついた声で全力をあげて台風接近にそなえているが、もし台風が来ないときまれば急遽《きゆうきよ》レードーム吊り上げ準備にかかる予定だから、そっちからは刻々と台風の情報を知らせてくれということだった。

植田技師は台風防備と翌朝のレードーム吊り上げ作業との両局面に対処しているようだった。台風もこわいが、レードーム吊り上げのチャンスを失うこともこわかった。

このところ、富士山頂ではまれに見る好天続きである。このチャンスを失ってしまうと、いつ吊り上げができるか分らない。

もし万一に、早目に西風が吹き出してこのまま越冬ということになったら完成は一年おくれることになる。この心配は注文主の気象庁に取っても同じことであり、なんとかしてこの夏のうちに方をつけようとしている私たちに取って、台風十四号の接近はこの上もない心痛事だった。

十四日の夜は清水技官が、予報課に徹夜居残りして、逐次台風情報を富士山頂に送ることにした。その夜私はほとんど眠れなかった。

異常なまでに静穏なその夜が、私にはかえって無気味だった。

昭和三十九年八月十五日、その日の朝の富士山の風速計はぴたりと止っていた。空は晴れており、北アルプス連峰が見えるほど遠望が利いた。八時十八分ヘリコプターは巨大な鳥籠を富士山頂の建物の上におろした。

八時二十五分レードームは建物に固着された。

台風十四号は奄美《あまみ》大島に向ってほとんど直線的に西進をつづけていた。

台風は富士山をさけたのである。

臭い語源

山男は隠語をよく使う。戦前からの言葉か、戦後に作られた言葉か、また語源はどこから来たか知らないが、山で用便することをキジを撃つという。このような意味のことをある雑誌に書いたところ、全国から数十通の手紙をいただいた。

全体の五〇%が登山家、三〇%が狩猟家、二〇%がその他の人で、年齢はほとんど五十歳以上の人であった。お知らせをいただいた方々の出身地は北海道と東北地方をのぞくほとんどの地方に分布されていた。

狩猟家の一人は、この語源について次のように説明していた。

「キジを撃つという言葉は古くから猟師の間に使われていたもので、野外で用便するという意味である。元来、動物の通性として、精神的緊張があった場合は便意を催すものである。人間もひどく緊張するとそそうをすることがある。そそうをしなくとも、ドロボウが盗みにはいる前に脱糞《だっぷん》するのは精神的緊張による生理作用だと思われる。

猟犬に追われて飛び立つキジは、必ず空中で脱糞する。恐怖のためのショックであろう。キジを撃つという言葉は、このキジの習性からヒントを得たもので、正しくは野糞《のぐそ》をするという意味である」

狩猟家の方々の手紙は、大体キジを撃つという語源はキジの脱糞からはじまったものだと書いてあるものが多いが、そうではなく、キジを撃つ場合、草むらの中に長い間しゃがみこんでいる格好と、用便の際のそれとの相似性から生じたことばにちがいないと教えて下さった人もあった。

登山家の方々からの手紙のほとんどは、キジを撃つという言葉は、ずっと昔からの山言葉で、戦後の山ことばではない、と私の認識不足を指摘されたものだが、その中に、キジを撃つということばと同意語のものに次のものがあると、御丁寧に知らせて下さった登山家がある。

キジを撃つ（脱糞する）

大キジを撃つ（右に同じ）

小キジを撃つ（小便する）

水キジ（小便）

からキジ（放屁《ほうひ》）
キジ場（便所）
キジ紙（チリ紙。オトシ紙）
花をつむ（女性登山家のみの隠語。山で用をたすの意。戦後派女流登山家の創作）
キジ雨をふらす（高い岩の上から小便する場合の形容）
キジが鳴く（便意をもよおして来たの意〝どうも今朝からキジが鳴いて困る〟は朝から腹が鳴る。下痢気味の意）

一般の人の手紙の中にはキジを撃つという言葉は、山言葉ではなく里ことばであって、子どもの頃（五十年以前）田舎（信州・松本）で使っていたという意味の手紙が多かった。語源についてはキジを撃つ場合の待ち姿勢の相似からきたものだろうという説が最も多かった。

キジを撃つという言葉と同意語に、ハトを撃つという言葉があると知らせて下さった人（筑後市）があった。

これらの手配の中に全く異説をなすものがあった。手紙の主は、昭和のはじめごろ朝鮮で軍務に服されていた経験のある人で、手紙は部隊が演習のために山間地に行った時のことから書き始めてあった。

「……私達が便所を掘った場所は、山の中腹でそこからはずっと疎林が続いていた。キジが多いところで、そこまで来る途中でも、しばしば見掛けたが、部隊がそこに停止してからは、人をおそれるふうもなく、すぐ近くまで姿を現わしていた」ここで、ちょっと旧軍隊の兵隊の苦しかったことを述懐した後で、

「……キジを撃つという言葉は、われわれ部隊の血気さかんな兵隊達が、この山の中の便所で放つ、砲屁（放屁でなく砲屁と書いてあった）の音に驚いて、キジが逃げたことによって、その後兵隊たちの間で、用いられるようになったものである。わが部隊は演習が終って聯隊《れんたい》兵舎に帰営してからも、用便をする場合、キジを撃つという言葉を使った。おそらくキジを撃つという語が登山家たちに使われるようになったのは、われわれ部隊の兵隊たちが帰郷後に吹聴したことが、登山家たちの間までひろがっていったものと思われる……」

さて一体、どれがほんとうの語源であろうか。大変びろうな話のみ書きつらねて恐縮でした。

サルの出る温泉場

幼少のころ私は祖父母とともに松本にいた。祖父がたいへん温泉好きだったので、一年に二度か三度はどこか近くの山の温泉へつれていかれたものである。遠い山道を歩けるほどの年齢ではなかったから、ほとんどの場合、知らない人に背負われていった。知らない人におんぶされるのはいやだ、どうしても祖母におんぶするんだとだだをこねたり、断崖《だんがい》絶壁の下を流れる水を飲みたいといったりして、ついには祖父に叱《しか》られたことなど断片的にはおぼえているけれど、さてその時の山の温泉がどこだったかまではおぼえていない。

これらの記憶の中で、ひとつだけかなりはっきりしているものがあった。山の温泉宿に滞在中、近くにサルの群れが出て来たことである。サルどもは温泉宿の近くへヤマブドウを取りに来たのである。サルが出たというので、湯治客たちはいっせいに外へとび出した。私も祖母に手を取られて、生れてはじめて野生のサルを見たのである。サルの数はそう多くはなかった。全部で十匹ほどもいたろうか、あっちこっちとびまわるサルを、大きな石の上に坐って見まもっているサルがいた。あれが親ザルだと祖母に教えられた。サルの群れは川をへだてて対岸の山の中腹にいた。直線距離にしてはそう遠くはないが、あいだに谷をへだてているから容易には近づけない地勢だった。そのせいか、サルの方は、こっちのさわぐのをいっこう気にかけてはいないようだった。そうこうしているうちに、鉄砲を持った人が宿から出て来て身体をすくめながら河原の方へおりていった。それを見ていたのか、サルの群れはたちまち木の繁みの奥へ消えてしまった。

それだけのことだが、そのことが非常にはっきりと私の頭に残っていて、いまごろになって、そのサルを見たのはどこだったかと、ときどき頭に浮ぶことがある。気になりだすと妙なもので、できることなら、なんとかしてそこをつきとめたいと思うのだが、なにしろ、四十数年も前のことだから手がかりとなるものがない。信州には温泉が多い、そのなかで私の記憶とやや似た条件のものをあげて見ると白骨《しらほね》、葛《くず》、中房《なかぶさ》となる。この三つは、祖父母がもっとも愛した温泉だったから、このうちどれかに違いない。数年前に白骨温泉へ行って、その辺を歩きながら、サルの出たのは、どこだったろうかと、あっちこっちと眺めまわすと、出そうなところはいっぱいあるし、宿の人に聞くと、今でもこの付近で見かけることがあるという。葛湯にいくと、温泉宿の前に檻《おり》があってその中にサルがいた。宿の人に聞くと、前の川に落ちて、おぼれかかったサルを助けて育てているのだというのである。サルは珍しいことではなく、秋になるとときおり、群れをなして現われることがあるという話だった。すると、子どものころサルを見たのはここかも知れない。そう思って見ればそんなふうな気にもなるが、はっきりあのあたりだったと自分にいいきかせて納得させるだけの自信はなかった。そのころと今とでは、あたりの景観もかわっているだろうから、私のおさないときの記憶と同じものは見られないのかも知れないとなかばあきらめかかってもいた。

三十九年の八月十六日に私は中房温泉に行った。ツバクロ、大天井《おてんしょう》岳、槍岳と縦走するためだった。祖父母につれられて来たとすれば私の五つか六つのときだから四十数年ぶりに来たということになる。

バスをおりて、白い砂の坂道を温泉宿に向って登っていくと右手に川をへだてて山がそそり立っている。その斜面に白いガレ場（岩石の堆積した斜面）が見えた。頂点を下に向けて細長い三角形をしたガレ場だったが、それを見た瞬間、私はなにか胸をつかれる思いがした。ここが四十数年前に、サルの群れを見たところに間違いないと思った。理屈もなにもなく、それはもうたいへんな自信をもっていいきることのできるほど、私の記憶の中のものとぴったり符合したのである。眼をつむって子どもの頃見た情況をよくよく思い浮べてから眼を開くと、その記憶の映像と眼前のものとがぴったりと符合するのである。サルはいなかった。問題は、そのガレ場にヤマブドウがあるかどうかだった。いそいでルックザックから双眼鏡を出して覗《のぞ》いてみるとガレ場の周辺をおおっている植物はヤマブドウらしくもあったが、はっきりとヤマブドウだと確かめるにはいたらなかった。

浴衣に着かえてから、宿のまわりを廻りながら、なにか、私の幼い時の記憶の中のものがないかと探し廻っていると、蒸風呂があった。見たことのあるような気がするので、引き戸をあけると熱い蒸気が吹きつけて来る。床に筵《むしろ》が敷かれ、木の枕が置いてあった。木の枕を見たとたん遠い記憶が呼びもどされた。祖母はいやがる私をこの蒸風呂に入れようとした。私はなんとかして逃げだす算段をした。蒸風呂の下に、小鍋立ての湯と書いた立札があって、そこに熱湯がぶくぶくと湧いていた。通り過ぎようとすると、その湯の中に笹の葉が二、三枚落ちているのを見てチマキのことを思い出した。この湯を利用してどうしてチマキを作るのかは知らないが、よその子が、チマキを食べているのを見て、祖母に作ってくれとせがみ、祖母がなんとか材料を工面して作ってくれた。

　サルと蒸風呂とチマキのことですっかりうれしくなった私はちょうどそこを通り合せたこの宿の主人に話しかけた。蒸風呂は昔どおりの位置のままだった。サルは今でもたまには姿を現わすことがあり、治客がチマキを作っているのだそうだ。小鍋立ての湯では、今でも近在から来る湯は、多分あの辺に泊ったのでしょうと赤い屋根の棟をゆびさした。蒸風呂へはだかで来たと話したら、それで築されて、ほとんど昔の面影は残っていないそうである。大正の初めにおいでになったとしたら、滝の湯も地蔵堂も覚えているでしょうといわれたが、全然記憶には残っていなかった。ウェストンが泊ったという明治のころ建てたままの二階建ての棟には自炊客が泊っていた。この二階建ても私の記憶にはなかった。結局、私の記憶に残っているものは、サルとサルの出たガレ場の遠望と蒸風呂と小鍋立ての湯の三つだった。サルの出たガレ場に這っているヤマブドウについては、私の双眼鏡の倍率の関係で、確実にそうだとは断定できなかったので、明朝早く、身ごしらえをしてそこまで行って見ようと河原までおりたが、河の水が意外に多くて対岸にわたることはできなかった。それでも木のしげみの開から双眼鏡で覗きあげるとガレ場の縁辺を這いまわっているのはまぎれもなく丸い大きな葉を持ったヤマブドウのツルだった。

秋

秋のおとずれを

秋という字を見たり、ことばを聞いたりすると、私の頭の中に真赤に紅葉したウルシの木が浮び上る。私の生家は信州の山の中にあった。山と山にはさまれたせまい狭間《はざま》にできた私の村は、冬が長く、春と夏とはほとんどいっしょに来て、八月のなかごろになると、もう涼しくなる。そのころである、或《あ》る日ふと眼を前の山へ投げると、緑の中にぽつんと一点赤い点が見える。赤い点は日を追ってひろがり、ちょうどみどりの山の中にはめこまれた、絵馬額のように、一段と美しくいろどられて見えてくる。それが秋の前ぶれだった。二週間もすると赤よりも黄色が勝っていて、周囲のみどりがまだ濃いだけにそれはそれは美しいものに眺められた。その木がウルシの木だということは私の経験から来る想像であって、たしかめたわけではないけれど、おそらく間違いはないもののように思われた。私はそのウルシの木の紅葉を見るとなにかものさびしいものを感じた。やがて、全山が紅葉し、そして落葉がはじまり、突然雪がおとずれるのだ。冬はいやではなかった。冬になればなったでいくらでも遊びごとはあったけれど、冬の前ぶれの秋のおとずれは私の眼には悲しく感じられてならなかった。そのウルシの木の紅葉は毎年ほとんどきまって八月二十日ごろから始まった。そして私はその秋のおとずれを誰よりも早く見て取ったことを、誰にもいわずに飲みこんだまま、なにか泣きたいような気持に襲われたものだった。そんなことが何年か続いて中学生の三年生の頃、私はその秋のおとずれを縁側にすわって眺めているとき、ふとその美しいものの正体を眼の前で見たくなった。そう思うと、いても立ってもおられなくなった。私は腰にびくを携《さ》げ、手に鎌を持って、その山へ登っていった。山の子が山へ行くときにはいつもそういう格好をしたものである。遠くではよく見えたが近くではなかなか見つけにくかった。しかし目標にしていた杉の木がやっと見つかると、そこからそう遠くないところに、ウルシの木は見つかった。長いこと逢《あ》いたくていた者にめぐり会った気持はたとえようもなくうれしかった。私は木のまわりをひとまわり廻った。家の庭で見たものよりそばで見るとさすがに大きかった。こんな大きなウルシの木がよくあったものだと、疑念を持ってよく見るとそれはウルシではなくナナカマドの木であった。ウルシとはよく似ていたが、ウルシではなかった。七たびかまどの火の中へ投げこんでも燃えないからこの名が出たといわれている木である。ウルシだウルシだと思いこんでいたのにナナカマドだったことは心外でもあったが、ほんとうのことを確かめ得たことで私はうれしかった。私はそのナナカマドの枝を折って家へ持ち帰った。

「おやもう秋が来たのかねえ」

母がナナカマドを見てそういった。その母の顔も淋しそうだった。秋のおとずれを母に知らせて、淋しい気持にさせたことが、なにかたいへん悪いことをしたように思えてならなかった。私はナナカマドの枝を川に捨てにいった。ナナカマドの葉をもぎって川に投げ入れながら、来年の秋もまたこのナナカマドは美しく紅葉するだろうかと考えていた。あれから三十五年になる。今はそこにはナナカマドの木は見えない。戦中戦後にわたって林は切り倒され、そこに観光道路ができたのである。

地バチ取りの話

私が信州人だというと、ヘビを食べるでしょう、ハチノコがお好きでしょうとたずねられる。私は一度だけヘビを食べた経験があるが、ちっともうまいとは思わなかった。オカウナギだなどといって、ウナギと比較されるのは味においては全然当っていない。ハチノコは大好きである。信州人がハチノコを食べるのをへんな目で見る人は、ハチノコがウジに似ているからであろうが、便所をはいまわるウジと高原のきれいな空気を吸って育ったハチノコとは全然そだちが違う。

今でも私は山へ出かけるときには、ハチノコかん詰を松本か大町あたりで買い求めていく。これほどうまくて精力のつく食物はない。このハチノコは地バチの一種のジスガリの巣から取ったものである。ジスガリは信州ばかりでなく、その近県にもいるが、食べものとして特に珍重するのは信州だろう。ミツバチのように養蜂《ようほう》することがむずかしいので、近年は激減して、そのうち絶滅するのではないかと心配している人もある。

むかしから変則的なジスガリ養蜂があるにはあった。これはジスガリの若い巣を山で見つけて家の庭へ持ち帰り、巣作りに便利なような穴の中に落ちつかせて、巣の成長を待ってハチノコを取るのだが、これはほんとうの養蜂ではない。大町市でジスガリ養蜂グループが研究しているのは、親バチを越年させて、人間の希望するところへ巣を作らせようというのだから、なかなかたいへんらしい。

しかし、三十七年に見学に行ったときにはほぼ成功のめどがつかめたような感じをうけた。この研究が完成したらハチノコは日本はおろか世界のハチノコとして多くの人の舌を楽しませることになるであろう。ハチノコは味もいいが、取るのがまことにおもしろい。

私がジスガリ取りの名手だといわれるようになったのは中学の二年のころである。八月の半ばを過ぎると、私はいつも、きょろきょろしながら道を歩いていた。虫が一匹飛んでもその後を目で追い、なにかの羽音がひとつ聞えてもそっちをふりかえって見たものである。ジスガリは身長わずかに二センチぐらいの小さなハチだが、なかなかの働きもので時には四キログラムもあるような大きな巣を土の中にかけることもある。

土中から土を外へ運び出すハチ、木のやにを運んで来て巣作りをするハチ、餌《え》を取りにいくハチとに分れていて、大きな巣のそばにいくとハチの往来の羽音がワーンワーンときこえてくる。ジスガリに刺されるとものすごくはれる。ミツバチのように一度だけ刺すのではなく何回でも刺す。地バチだからもぐりこむくせがあって身体の中にもぐりこまれたらたいへんなことになる。一度サルマタの中に入られて泣きつらをかいたことがある。この時ばかりはもうジスガリ取りはやめようと思った。

ジスガリを取る方法には二とおりある。一つは追跡法である。ジスガリが虫などを殺して、するどい口で、その肉をかみくだき、肉ダンゴにして巣に帰ろうとするところを見計らって、真綿の糸をうまいこと肉ダンゴにからめてやる。ジスガリは、標識つき肉ダンゴとは知らずにそれを持って巣にかえる。そのあとを力いっぱい追いかけるのである。一度ではうまくいかないから、カエルの皮をむいたのを棒にさして置いて、この肉を取りに来るハチに標識をつけて、根気よくあとを追跡するのである。

私は子どものころからこの方法を軽べつしていた。この方法はヘボがやるものだときめこんでいた。私はスカシという方法を用いた。見とおしのきくようなところにすわりこんで、山の陰翳《いんえい》をバックとして空中を飛ぶあらゆる小動物の行方を見きわめるのである。ミツバチ、アブ、ハエなど空中を飛びまわる昆虫は無数にあった。

その中からジスガリを見つけだすのは困難だったが、なれて来ると、そのハチが巣から出たハチか、巣へ帰るハチか、二番巣（一度人に荒されたあとにできた巣）のハチであるかも見分けがついた。私はハチの航跡を目で追いながらだんだんと巣に近づいて、最後には、用意していた自家製の煙硝でハチを眠らせておいてハチノコがぎっしりつまっている巣をいただいて帰ったものである。一日中山を歩いて三つも取れば上々だった。ハチノコの収穫が多いときには母がハチノコ飯をたいてくれた。おそらくこれほどうまいものは他に類を見ないだろう。

先年ヨーロッパアルプスを歩き廻っていたときフランスアルプスのエールフロワドという谷で、落葉樹のヤニを取りに来ているジスガリとそっくりのハチを見た。飛んでいく方向を目で追うと、その速度といい、飛び方といい日本のジスガリと全く同じだった。猛烈な郷愁に襲われたのはその瞬間だった。

地図でない地図

山案内書に載っていた谷川岳マチガ沢の地図が間違っていたことが遭難の原因だったという新聞記事（三五・一〇・一九・読売）を見た。これに類したことは今回が初めてではなく、ちょいちょい耳にすることである。不幸にも今回は皮バンド墜死事件及び、この事件の犠牲者側の家族がリーダーを訴えたことにからんで話は複雑になって来たようである。

遭難の原因がリーダーの責任か、それとも、リーダーの持っていた山案内書の地図の間違いによるものかはさて置いて、間違った山案内書の地図について再考して見たい。

山登りをする場合たいていの人は五万分の一の地図を買う。この地図と、山案内書のルート図とを睨《にら》み合せて、翌日のコースを決めるような場合が多い。五万分の一は信用置けるものではあるが、この地図を実際使用してみると、このままでは案外役に立たないことがある。役に立たないというと語弊があるが、登山者が実際に知りたいような、こまかいところが出ていないから、利用価値が少ないということになる。たとえばある沢を登ろうとする場合、崖《がけ》あり、岩あり、小滝あり、涸滝《かれだき》あり、雪渓あり、洞窟《どうくつ》ありで、一つの沢を登り切るまでには数限りない特徴ある地物にぶっつかるのであるが、これらのほとんどは五万分の一の地図には書いてない。そんなこまかいところまでは記載できないから書いてないのであって地図の誤りではない。

だから五万分の一の地図はざっと大きな目標をつけるにはよいけれども、ことこまかい登山地図は案内書による以外に方法はなくなるのである。山案内書が売れる秘密はここにある。

案内書はなかなか親切に書いてある。吊橋《つりばし》の板が割れているとか、どこどこに大きなブナの木があるとか、同じ滝にしても、滝の形容まで記述してある。読むだけでもなかなか楽しいものである。

ところが、私にいわせると、この辺から少々登山者は案内書にとらわれ過ぎているのである。略図を見ながら、文章を読んでいるうち、頭の中で、滝を想像し、岩壁を想像し、周囲の景観を作り上げている。これが、迷いの第一歩である。

五万分の一のように、距離方向大きさを事実どおりに縮尺して書いてある地図と違って、山の案内書にある略図は飽くまで略図であって、地図ではない。はっきりいえば、著者の感じで書いたものが多い。勿論《もちろん》これらの著者は実際その山へ（又は沢へ）登って書いたのであろうけれど、図学上の地図でない、観念の地図である。たとえば、ある沢を遡行《そこう》する場合、無数の滝にぶっつかる。その滝を一つ一つていねいに記述してある案内書もあるし、大きな滝だけを書いて、小さい滝は書かない案内書もある。下から三番目の滝から左の沢に入るようにと書いてあるから、そのとおりにやったところが間違いだったなどということはよくあることである。

略図というものは、こういうものである。略図は飽くまで略図であって、絶対的に信用できるというものはほとんどない。私はこういう略図又はルート図を使用して山へ登り、沢を遡行した後で、一度だってあの略図（ルート図）は正しかったと思ったことはない。どこかに書きおとしがあり、間違いがあるような気がする。これは著者の責任でもないし、私が悪いのでもない。略図（ルート図）そのものの存在が、人を眩惑《げんわく》するのである。

これについて、今年私自身が経験したことを書こう。私は今年七月に越後の巻機山《まきはたやま》へ割引沢《わりめき》ルートを通って登った。五万分の一の地図と案内書と、地元で印刷された略図とを照らし合せて、なお、地元の人からもいろいろ聞いて出発した。沢の入口付近には指導標が完備していたので迷わずに登ったが、雪渓にかかるころから、指導標がないし、踏みあとがないのでひどく心細くなった。地元で貰った案内図（ルート図）を見ると、この辺から右の尾根へ逃げこむように書いてあるが、その辺を探しても、それらしい道はない。

考えに考えた末、やはり、雪渓を登らずに、右側のやぶの中へ逃げこんだ。このやぶが大変なやぶだった。二メートル登れば一メートル滑るような急傾斜面のやぶから、原生林の暗やみをくぐって頂上につくまでの三時間で精も根も使い果して、しばらく口が利けなかった。気がついたら万年筆と手拭を落していた。

後で人に訊《き》くと、雪渓を真直ぐつめるのが本当で、私は、ルート図を信用して、道を迷ったのである。天気がよかったから別条なくすんだものの、降られたら、もっとひどい目にあっていたであろう。

この私の経験から考えても、略図、ルート図というものは信用おけないものだ。信用おく方が間違いなのである。

山のベテランたちは山案内書の地図は参考にはするが信用しない人が多い。彼らは五万分の一の地図と山案内書の地図とを照合して、大づかみのルートを頭の中に叩《たた》きこみ、大略のルートを鉛筆で記入した五万分の一の地図を持って山へ入る。彼らは地図として信用に足るものは五万分の一であり、ルート図として信用置けるものは、彼ら自身の経験から来た直観力で頭の中にその度毎《たびごと》に作り上げられる、臨機応変の登山図でなければならないと確信しているようである。

山の地相は、台風や、洪水や、雪崩で変化しやすいし、季節によってまた非常に違う。問題のマチガ沢の地図は雪渓に埋もれていた当時の踏査にもとづいて書いたものではなかろうか。

山案内書にある略図は飽くまでも参考図であって、地図ではないことを述べて来たが、だからといって、誰が見てもはっきり間違っていると思われる案内書をそのまま野放しして置くのはよくない。いい機会だから案内書の略図は各出版社とも、もう一度検討して見たらいいだろう。

また、遭難をなくするための一助として、例えば谷川岳のように毎年、非常に多くの犠牲者を出すところでは、至急正確な地図を作る必要があると思う。略図とかルート図のような著者の主観にたよったものでなく、図学上間違いない等高線の入った三千分の一ぐらいの地図を作れば遭難はずっと減るだろう。

山の出版社もちゃちな案内書ばかり出さずに登山地図の決定版とでもいうべきものを作成したら、少々値段が高くとも売れるだろうし、多くの人々に喜ばれるだろう。

富士山頂に思う

御殿場口の八合目にかかったら暗くなった。日暮れとともに風速はおとろえたが、秒速七、八メートルの風は吹いていた。私は、ウィンドヤッケを頭からすっぽりかぶって懐中電灯で足もとを照らしながら、今のところ天候の急変はなさそうだし、ここまで来たら、どんなにゆっくり歩いたところで、二時間もあれば頂上につくから、そういそぐこともあるまいと、時々立止っては下界の美しい夜景をたのしんでいた。

私は昭和七年から昭和十二年まで交代勤務員として年に平均して三回か四回は富士山頂観測所に登っていた。それから以後はずっと富士山には遠ざかっていた。去年の夏登ったときは下層雲で下界は見えなかった。したがって下界の灯を見るのは、今宵が二十七年ぶりということになる。三島、沼津、吉原、富士などの諸都市は灯で完全に接続されているし、富士、鷹岡、富士宮は灯のベルトの中にあった。ひとつひとつの町の灯がちんまりとかたまって見えていた三十年前とは似ても似つかない夜景だった。

大鳥居をくぐって頂上に立った瞬間、私は剣ヶ峰のいただきに淡い白光を放っている大円球を見た。それは天界から訪れた、なにものかのように神秘的な輝きをもってながめられた。今度新設されたレードームの夜景だった。

頂上にはもう冬が来ていて、岩からさがっているつららや日かげの雪が懐中電灯に照らし出されると、いまさらのように顔に吹きつける風の冷たさを感ずる。

剣ヶ峰に立って東京方面を見ると、そこはもう東京ではないような広大な灯の海になっていた。甲府の町の灯は知らない間にできあがった新都市のようにまぶしかった。

夜景の変貌と共に富士山頂測候所も姿を一新していた。レーダー塔は三階に区分され、最上段のレードームの中には直径五メートルのパラボラアンテナが回転していた。二階も一階も機械がぎっしり立てこんでおり、これらの機械の総合動作によって、富士山頂でとらえられた半径八〇〇キロ以内の台風の映像は東京へ電送されるのである。これらの機械の間をぬって歩いていると、ここが三七七六メートルの富士山頂だとはとても思われなかった。

レードームを出て、旧庁舎の方へ廊下伝いにおりていくと、なつかしいにおいがした。焼け砂に湿気のまじった富士山特有のにおいである。旧庁舎の広間のテーブルにはごちそうが私を待っていた。おそくなってすまなかったとおわびして、圧力がまで炊いたごはんを食べていると、この庁舎が昭和七年に東賽之河原に建てられ、その後ここへ移転されたものであることを思い出した。交代要員として登ってくるたびに私が使っていた部屋もちゃんとそのままに残されていた。天井も、柱も壁も、壁にかけてある時計まで三十年前とそっくりである。すぐ隣にできあがった世界一の気象レーダーとこの古色蒼然《そうぜん》たる居住区との対照はまことに妙なものであった。

所員たちは三十年前の私の居室をちゃんと知っていて、私のためにわざわざそこをあけてくれた。しっとりとしめった部屋の空気も昔のままだった。壁にはピンの跡が無数にあった。私もこの壁に好きな女優の写真をはったことがある。この壁のピンの跡が富士山項測候所員の三十年の歴史をものがたるようになつかしかった。この寝室は零下二十度になることがしばしばあった。朝起きて見ると、フトンのエリに氷が張っていることはめずらしいことではなかった。そして、それと同じことが、今もなおこの測候所の中で体験され、今後も体験されるであろうと思うと、私はひどく憂鬱《ゆううつ》になった。

最新式の気象レーダーができた。しかし、所員の生活は昔と少しも変ってはいない。これはいったいどういうことなのだろうか。この矛盾は私よりも所員たちの方が重々知っているに違いない。知っていながらも、レーダーができてよかったと喜んでいる所員たちのひとりひとりの顔を思い浮べていると、目がいよいよ冴《さ》えて来る。

夜明け近くなって風が出た。窓をたたく風の音で風速が二〇メートルを越えているなと思った。風を聞きながら、うとうとしていると朝になった。広間に出て、柱にかけてある鏡をのぞくと、私の顔はぶんなぐられたようにふくれ上っていた。ずきずき頭の芯《しん》も痛む。高山病にかかったのである。

山の幸を求める

秋は山の幸が多い。眼をたのしませる紅葉も山の幸、口をたのしませるもろもろの果実も山の幸である。子どもの頃親しんだ山の幸を頭に浮んだ順序にならべて見ると、クリ、ヤマブドウ、アケビ、マタタビ、シラクチ、コケモモ、ハシバミ等がある。これらのものは、その場で口に入れられるものばかりだが、同じ山の幸でもキノコとなるとその場では食べられない。山の幸を取りにいくのも、子どもとおとなとはだいぶ目的物がちがっているし、おなじ子どもでも、また年齢によって趣味がちがってくる。クリ拾いなどは誰にでもやれるもっとも平凡なもので、アケビ取りとなると、やや土地かんと経験がものをいう。

だいたいアケビのできるところはきまっているから、そこを覚えていて、ひとりでこっそり取りにいくのである。アケビのつるの下にもぐりこむとバナナほどもある大きなのがぶらりぶらりなっている。外皮がすっかり紫色になり、ぱっくり口を開いて白い実をむき出しているのを見ると、思わず歓声があがる。ぱっくり口を開いたアケビは、中の実がくずれやすいから、その場で食べることにしていた。がぶっと噛みついて口に含むと、その香気高い甘さが頭の芯にまでしみとおるようにおいしい。口の中で、ぐるぐる廻していると、甘味が喉《のど》の奥へ流れこみあとには黒い種子だけが残る。しっとりと暗いアケビのつるの下でこうしていると鳥の声が聞えて来る。騒々しいほどの鳥が、やはりアケビの甘いにおいをたよりに集まって来ている。黙っていると、眼と鼻の先まで来てアケビを突ついているのもいる。ほんのちょっとでも鳥がつついたアケビには手を出さないのが山の子の掟《おきて》だった。外皮が完全に紫色となり、割れ目がはっきりして来たもの、または割れかかったものだけを取ってびくに入れて家へ帰るのがアケビ取りである。

小学生のころだった。村の友だちとふたりでこうしてアケビのツルの下で鳥の声を聞きながら、アケビを食べていると、谷の下から人声がする。そのうち、私の村の子どもを案内役にした町の人たちがどやどやとアケビのやぶの中へ入って来た。あるぞあるぞ、でっかいのがあるぞとさわぎながら、彼らは手当り次第にアケビをむしり取って、用意して来た弁当箱に、中身だけを指で掻《か》きおとしていた。鳥のついたのであろうと、虫がなめたものであろうと、未熟なものであろうとかまわず取って外皮を捨て、中身を弁当箱につめこむ様子はなんともはや、すさまじいかぎりだった。人数が多いから、またたくまにアケビの場所は荒されて、あとには、彼らが捨てた外皮ばかりが残されていた。「ゴウトウだな」と私の友だちがいった。あんなゴウトウをつれて来た奴とは遊ばないことにしようと私たちはかたい約束をした。そのことは間もなく、村の子どもたちに知れわたって、ゴウトウ共を案内した子はしばらく仲間はずしにされていた。

ヤマブドウには二種類あって、ほんとうのヤマブドウよりつぶの小さなコブドウは近くの山にいくらでもあった。味はコブドウのほうが甘いけれど、多量の収穫をあげるにはほんとうのヤマブドウを狙わねばならなかった。私の家から三里ばかり奥山へ入った、当時御料林といっていた原生林が、ヤマブドウの宝庫だった。うまくいくと背負い籠一つぐらいはわけなく取れた。取って来て、ブドウ酒を作るのであるが、ブドウ酒を作るより取ることの方が面白かった。

中学の五年生になったころである。私はかねてから狙っていた御料林のブドウ沢へ背負い籠をかついででかけていった。立ち枯れの木にからまっているヤマブドウのつるをたぐり寄せると面白いように取れた。もう帰ろう、もう帰ろうと思っていながらつい欲がでて、熊笹の中にふみこんでいくうちに、とんでもないものにでっくわしたのである。半ば立ち枯れのシラビソの木の中ほどに、ブドウのつるをたぐりよせて、見張り場のようなものが作ってあった。さて、こんなところになんだろうと近づいて見ると、木に爪のあとがあり、黒い毛がやぶにひっかかっていた。熊のブドウ場だと気がついたときの驚きようはなかった。私は背負い籠をほうり出して逃げて帰った。

このときのことがいまもって忘れられないので、去年の秋、郷里にいる弟を案内にたてて、この場所を探しにいった。霧ヶ峰から鎌ヶ他に出て、そこから男女倉《おめくら》に通ずる旧道をおりたところだったが、そのへんの木は切り払われて昔のおもかげは消えていた。さすがにブドウ沢と呼ばれているだけあって、ヤマブドウのつるはあるにはあったが、からまりつく立木がないので、実がついているものは少なかった。この辺だったような気がすると、私が立止ったところは背丈ほどの熊笹のやぶだった。今はもう熊はいないだろうというと、弟が、いやつい最近霧ヶ峰付近に出たことがある、熊の数がふえたのではなく、あっちこっちに道路ができたのでけもの道が寸断され、道に迷って現われるのだということだった。山の幸へつづくけもの道が断たれた熊を考えると可哀そうでならなかった。

あとがき（『白い野帳』より）

白い野帳を朝日新聞の科学欄に書きはじめたのは一昨年（昭和三十八年）の十一月からである。科学欄は毎週土曜日の夕刊ときまっているので、一回につき五枚の原稿を月に四回書けばいいのだが、次々とタネがつづくかどうかが心配だった。科学欄に連載される随筆だけれど、特に科学を意識しないでもいい、自由な気持で書けということだったが、そう言われればかえって科学を意識せずにはおられなくなって、はじめのうちは苦労した。題名はなかなかきまらなかった。二十ほど題名を考えて、この中から適当なものをどうぞと編集部にお願いした結果選ばれたのが白い野帳だった。

書き出したら予想外に好調でタネに泣くようなことはなくなった。一カ月分つまり四回分の原稿を毎月二十日にそろえて編集部に渡すことにした。季節感を入れてもらいたいということだったので、タネを季節別に分類してノートいっぱいに書きこんで置いた。なにかの折に気がついた時にはつけ加えるように心がけていた。書き出して半年もたつと、タネは更に充実して来てこの分でいくと二年ぐらいは大丈夫だという自信がついた。小説を書くようになって十年間、小説に書こうとためこんでいたタネもおしまずに白い野帳に登場させた。白い野帳は好評だった。意外なところで意外な人にほめられると、いよいよ筆にはげみが出た。これらの読者の中で白い野帳にもっとも強い関心を持っていたのは私の父（藤原彦）であった。父は故郷の諏訪にいて、これが出るのを楽しみにしていた。白い野帳に故郷のこと、私の子どもの頃のことを多く書いたのは、私の心の底に、これを読んでいる父の姿があったこともいなめない事実である。資料については父がずいぶん協力してくれた。行事続きのお正月という随筆は私が書いたというより父が書いたといったほうが当っている。父は非常に記憶力がよく、昔のことをよく覚えていた。その父が、一昨年の暮ごろから胃の調子が悪くなった。手術後一時快方に向ったが昨年四月の末頃からまた悪くなった。父は入院中も、白い野帳を読みつづけていた。自分で読めなくなると、つき添いの者に読ませていた。その父は六月に入って間もなく他界した。

父の死後も白い野帳はつづいていた。夏を迎えて、かみなり三部作をこころみて見た。台風三部作にひきつづいて、白い野帳一周年を迎えようとしているとき、オリンピックがはじまり、オリンピック中は科学欄はなくなるので、当然随筆は休みとなりそのまま打切りとなった。未掲載の原稿がまだ六回分残っていたがそれらをひっくるめても、本にするには、少々原稿が不足しているので、この十年間に書いた随筆の中から、白い野帳的なものを拾い上げて、これに加えることによって私の生れてはじめての随筆集が世に出ることになった。

昭和四十年三月

紀行——『山旅ノート』より

魚津と立山

一

六月八日、気圧配置は完全な梅雨前線が本邦を縦断している。前線に沿ってかなりの降雨が見られるけれど、風は一般に弱い。前線が停滞したのである。今のところ前線を北に追い上げるだけの勢力を持った高気圧が南方には現われていない。私は天気図から眼をはなして窓の外を見た。雨はしとしとと降っていた。梅雨入り間違いなし。

「しょうがないなあ……」

私はそうつぶやきながら、ルックザックをかついで雨の中へ出て行った。列車の切符も、旅館も、行く先々で私と会う人たちも、すべてきめてある。こっちの都合で予定を変更したら、迷惑をかける人ばかり多くなって、どうしようもなくなるだろうし、私自身だって、ここで旅程を変更したら、後の仕事にさしつかえて来る。私は短い旅行期間の中に多くのものを期待していた。魚津では、蜃気楼《しんきろう》とホタルイカと埋没林を一日で見学して、あとの二日は、残雪の立山縦走に当てようとふとい計画を立てたのである。だが私はお天気相談所を出た時に既に半ばこの成果についてあきらめていた。

気象庁の天気予報は見事に当って、予想どおり平年より三日ばかり早く梅雨に入ってしまったのである。

今年は平年より梅雨はおくれるというのが私の予想であった。私は三十年間も気象庁に勤めているけれど、天気予報の係りではない。私の専門は気象器械である。つまり気象を観測する方の仕事に関係していて、気象予報には暗い方であるけれど、私はどこかへでかける時は、自分勝手に天気を予報する癖がある。

今年の梅雨は平年よりおくれるという、私の予報の理論的根拠はない。だいたい、一カ月も前に先の天気を予報することは気象学的に無理なことである。強いてその根拠はと聞かれたら、はなはだもって、非科学的な私の梅雨予報を発表せざるを得なくなる。私の予報はコブシの開花日をもってきめる。

私はコブシの花を最も愛する。純白な花弁をひらいて品格の高い芳香をまだ雪の消えない谷間に放つこの早春花が子供の頃から好きだった。私の家の庭にもコブシが五本ある。

今年のコブシの開花日は平年より、数日遅れた。コブシの花が遅れて咲くと梅雨はおそくなるというのが、今まで私が経験した事実である。

私のまことにおそまつな自己流の梅雨入り予想は見事にはずれた。

寝台車の中で限を覚ますと、列車は青田の中を突走っていた。雨である。雨合羽を着て、田圃《たんぼ》の中を除草機をおしていく農夫の姿が見えた。

九時金沢着、急行白山に乗りかえ十時五十分魚津駅着、かなりの雨であった。梅雨入りにしては激しすぎる降り方である。

私はプラットフォームで、襟首《えりくび》に冷たい雨を受けた瞬間、魚津に来た第一の目的の蜃気楼はだめだと思った。

蜃気楼といえば魚津、魚津といえば蜃気楼というように古来からよく知られている。蜃気楼の起因は遠く山のかなたにある。春とともに北アルプスの雪どけ水は、庄川、神通川、常願寺川、早月川、片貝川、黒部川等によって、富山湾にそそがれる。そのために海水の温度は低くなり、海水に接するごく薄い気層の温度が、そのすぐ上の気層と比較して低くなる。つまり外見的には海上に二つの性質のちがった気層（密度の違った気層）が接し合っている状態になり、そこを通る光線は屈折を余儀なくされる。きわめて当り前のことであるが、これが富山湾のような巨大な舞台において大仕掛けに起るところは、世界中探してもそう多くはない。魚津はこの自然が作る見世物の観覧席に当るわけである。

蜃気楼の出現する日の気象条件は大体きまっている。晴天が続いて、雪どけ水が多量に海に流れこみ、そろそろ天気がくずれかかろうとする前の、薄曇りで、風が少ない日の午後起る。発現回数は一年に六回か七回、四月から六月にわたって見られる。

「それは眠いような、もの悲しいような、静かな春の日の午後に、突然起るのです」

蜃気楼についての権威である魚津市の助役清河七良氏はそう前置きしてから、彼の体験を話し出した。言葉の不足分については、私のノートに図を書いた。

「蜃気楼の前兆はまず煙霧から始まります。海上一帯が低い煙霧の層におおわれて、視界全体がやや不透明になったころ、なんの予告もなしに、煙霧の層の一端が白く輝き出すのです。そこにはなにか活気を帯びたものが隠されているようにも見えます。輝きは静かに横に延びます。蜃気楼はその時突然現われるのです。

海の中から杭が頭を持ち上げていくといったらお分りになるでしょうか。やがて、その付近に数本の杭が立ち並び杭の上面に横棒が置かれ、これが続けて並ぶと板塀のようになります。

橋のようにも見えますし、遠くの半島を見るようでもあります。こうしてできた蜃気楼の橋は切れたりつながったり、延びたり、縮んだりの変化をくりかえしながら、しばらくは眼を楽しませてくれます。蜃気楼か、それともなにかの実体かは上面を見れば分ります。上面が水平であるということが、この湾におこる蜃気楼の特徴ですから」

清河七良氏の観察はなかなかこまかいものだった。

「城門の上を兵士が銃をかついで歩いている光景が見えたとなにかに書いてありましたが……」

「それは誇張です。しかし、蜃気楼は定形的のものではありませんし、かなり、漠《ばく》然《ぜん》とした現象ですから見た人が心の中でどう解釈するかによって、いろいろの形に見えてくるのです」

自動車を降りて海岸に立ったが、雨は激しく海をたたいていて、蜃気楼どころか舟一艘《いっそう》も見えなかった。

「今年はもう出ましたか」

「五回出ました。今年の蜃気楼はすばらしかったように思います。自然現象だと分っていても、そうは信じたくないほど美しい幻想的な光景でした」

そして清河七良氏は、

丹前のままで見に出る蜃気楼

の一句を私のノートに書き添えた。この町の大野三郎氏の作であった。

清河氏にかわって、埋没林と水族館を案内したのは、魚津市観光課長の浜田茂氏であった。

浜田氏は清河氏のように文学的表現を使う人ではなかった。いかにも北陸人らしい、ゆったりした話しぶりで、昭和五年に魚津港修築工事中に、海岸から掘り出された、一万年前の杉の根について説明した。

埋没林博物館というのがあった。一万年前の杉の木の根がその当時のままに水中に置かれ、プールの周囲から観察できるようになっていた。雨のためか、見学者は私だけだった。なぜ、杉の木が埋没されたかについての説明は壁に解説図がかかげられていた。要するに地形の変動によって、かつての山が海中に埋没されたものである。

「ホタルイカは見られるでしょうね」

「いえもう時期が過ぎました」

「でも魚津市発行のパンフレットには天然記念物ホタルイカは四月から六月まで、当市沿岸、とくに早月川河口付近にて漁獲される、と書いてありました」

「そのとおりです。しかし、年によって、幾分ちがいます。ホタルイカは深海に住んでいる長さ数センチぐらいの小さなイカでして、産卵のために、群れをなして海岸におしよせて来るのです。時期を過ぎたらほとんど獲れません」

私はがっかりした。蜃気楼は雨でだめ、ホタルイカは時期はずれ、こうなると私はいったい魚津になにしに来たのだろう。

「水族館にホタルイカの標本があります」

「光りますか」

「ホタルイカは死んだら光りません」

水族館の入口にサルがいた。寒いのか、腹がへったのか膝をかかえてじっとしていた。雨は音を立てて降っていた。

水族館には日本海で獲れた魚のほとんど全部が集められていた。魚たちは水槽の中で単調な回遊を繰り返していた。どこの水族館でも見る風景で眼新しいものはなかった。ホタルイカの標本は瓶《びん》に詰められてふやけていた。このイカの腹部と肢《あし》から発光する光は強烈な青紫色であり、多量に獲れた時は人の顔が青くそまって見えるほどである。

水族館を出た私は魚津の市内を自動車で見て廻った。幅員二二メートルの道路が市の中央をつらぬき、その大道路と交差する一五メートル道路も立派だった。

「大火の後、この町はよくなりました」

浜田氏にいわれて私は魚津市の大火を思い出した。

昭和三十一年九月十日午後七時四十五分、魚津市の一角から火の手があがって、炎は台風第十二号の通過後の南々西十数メートルの風に煽《あお》られて、市の主要部の大半を焼きつくした。罹災《りさい》世帯千六百、罹災者七千人、焼失面積十五万坪、大火の原因は、台風通過後の発火ということもあったが、道路の狭隘《きょうあい》なるために、消火作業ができなかったことが主たる原因だった。

大火は翌朝になってやっと収まった。魚津市長寺田太吉氏は余燼《よじん》煙る焼跡に立って、魚津市の復興を考えていた。彼はその日のうちに吏員を大館市に派遣して大館市が大火の後、どうやったかについて調査した。

魚津市は国と県とそして市民の熱烈な復興意欲によって現在のように見事な近代都市として生れ代った。今や魚津市は北陸路屈指の文化都市であり工業都市であり、漁港でもある。興隆しつつある都市のいぶきがいたるところに感じられた。寺田市長はスマートな老紳士であった。どちらかといえば寡黙《かもく》の人であったが、眼光に鋭いものをかくし持っていた。寺田市長は私に夜の市長を紹介した。夜の市長ということばはない。勿論《もちろん》市長の冗談であった。夜の市長は夜の助役を私に紹介した。

夜の市長と助役は私を水族館に案内した。私がいくら昼間見たからといっても、水族館は夜見るのがいいのだといって、無理矢理つれていかれた。サルはいなかった。水族館はすべての電気が消され、魚たちは眠っていた。

夜の市長は、特別に、水族館の管理者に交渉して開館したのである。眠っていた魚族は、突然電灯をつけられたので眼を覚ましたようであった。昼見たときはあまり活発でなかった魚たちがいっせいに泳ぎ出した。

私は生きている水族館を驚異の眼で見直した。

シマフグという魚がいた。表情の豊かな魚だった。シマフグは水槽を一周して来ては私にその顔を見せた。あるときはとぼけた顔に、あるときは考える顔に、あるときは悲しそうな顔に見えた。アカエイは奇妙に扁平な身体全体をぴらぴら動かしていた。ウマヅラというへんな名前の魚がいた。馬のように顔の長い魚だった。私には顔の長さより、その魚の眼のあり方に興味があった。眼が普通の魚とはちがって、上部についていていた。身体は赤、白のまだら模様で、緑の羽根をひろげて泳ぎ廻っていた。海のチョウのように美しかった。

夜の水族館は海の底を見るようにすばらしかった。なにかが私をとらえてはなさなかった。

「夜の魚津はここから始まるのです」

夜の市長が私にいった。

「雨の魚津の情緒もここから始まるのです」

夜の助役がいった。

雨は更にはげしくなった。私は夜の市長と助役の案内で、夜の街へ出ていった。

私が宿に帰ったのは十一時である。

「どうしても明日立山へ行きますか。大雨注意報が出ていますよ」

と夜の市長がいった。

「行きます。行かれるところまで行きます」

「そうですか、そんなに山がお好きなら引きとめません。けがでもなさった時にお役に立つことがあるかも知れませんから自己紹介しておきます。私の妻は医者で、私は僧です」

夜の助役はけろりとしていった。

「私は計理士です、ご不幸のあとの財産処理は私が引き受けます」

夜の市長はそういって笑った。私も一緒になって笑った。明日山へ行くのに縁起でもないが、不思議に腹は立たなかった。むしろ愉快だった。勿論二人は冗談をいったと思って名刺を受取って後で見ると、夜の市長の鎌田英稔氏の名刺にはいくつかの名誉職の他に計理士の肩書がついていたし、夜の助役山口正和氏は富山青年会議所理事の肩書のほかに、まさしくほんものの僧侶であった。

二

五時半、私は雨の音で眼を覚ました。大雨である。とても山へなんか出かけられる天気ではない。いよいよ本格的な梅雨に入ったのだ。しかし私は起きるとすぐ登山の準備を始めた。雨が降っても行けるところまで行くというのが私の初めからの予定であった。

六時十五分、私は宿の玄関で登山靴をはいた。雨の中を登山服を着た三人の男がやって来た。着ている雨具からしたたり落ちるしずくが、玄関のコンクリートを濡らした。

「やはり行きますか」

魚津市役所山岳部部長仲俣新一氏がいった。

「大雨注意報が出ています」

副部長の加藤正氏が心配そうな顔でいった。

「行けるところまで行きます」

私は靴の紐を結び終って立上った。第三の男と眼が合った。仲俣氏と加藤氏とはきのう会って、山行計画の打合せをしていたが、第三の男は私の知らない人だった。魚津市が、私のために手配してくれた案内人だということはすぐ分ったけれど、その男の顔を見た瞬間私は背筋にうすら寒いものを感じた。

（この人はほんものの山男だ。えらい男を差向けてくれたものだ）

私は多くの山男とつきあっている。ほんものの山男という部類の人も幾人か知っている。この男の眼は二月の弦月のように冷たい眼をしていた。ほんものの山男はこういう非情な眼をしているのだ。私は以前、ある若い登山家と同行して、ひどい目に会ったことがある。途中で道を失って、原生林に迷いこんで、心臓の破裂するほど苦しい目に会わされた。その時私を案内していった人が、ほんものの山男だった。私はその人に、こっぴどく叱《しか》りつけられ、ひきずり廻され、へとへとに打ちのめされて、ようやく危機を脱した。その人の名前はここでは書かないことにしておくけど、その人の眼と、私の前に立っている、第三の男とそっくりだった。

第三の男は黙っていた。お前のほうから口を利かない限りものなんかいわないぞという顔だった。私は、無理に作った笑顔で自己紹介した。

「魚津山岳会の佐伯邦夫です」

第三の男はにこりともせずそういった。やはりこの男はほんものの山男だった。私は佐伯さんの書いたものを、山岳雑誌でしばしば読んでいる。剣岳・立山・毛勝《けかち》三山にかけての、現役登山家のパリパリである。私なんかの遊山と一緒にされては困る人である。

私は魚津市をうらんだ。なにもこんなすごい山男を案内者として求めたのではない。六時三十一分、富山地方鉄道魚津駅発、七時十五分上市乗換え、七時四十分岩峅《いわくら》寺《じ》乗換え、八時五分千寿ヶ原駅着。日曜日なのに、雨のせいか電車はすいていた。雨に濡れた新緑の中を電車にゆられているると空腹を感じた。

千寿ヶ原駅は、壁に丸太を横に並べたりして、山小屋風の感じが出ていた。どこかで、見たことのあるような建て方だった。ケーブルカーが動き出すとすぐアナウンスが始まる。ケーブルカーの完成年月を聞き落したので、前の佐伯さんに聞くと、黙って立って行って車掌に聞いて来てくれた。昭和二十九年である。

ケーブルカーが美女平について弥陀《みだ》ヶ原行のバスを待っていると、バックして来たバスが雨で滑って、お尻を建物にぶっつけた。雨樋をこわしただけで、他に被害はなかったが、車掌の叫び声が、折からの強雨の中に、私の心を鋭くえぐった。

山へ登る前の不吉な前兆だった。私は三人の案内者の顔を見た。仲俣・加藤の両氏はおとなしそうな人だ。この人たちは、私がとても無理だから帰るといったら、帰してくれるだろうけれど、うすら寒い雨の中に、シャツ一枚で立っている佐伯リーダーの心境は無気味であった。

バスは杉の木立の中を走り、ブナの林の中を走った。残雪が林の中に見え出すと同時に、私は叫び声を上げた。コブシの花を見たのだ。私の大好きなコブシの花が咲いている。私は三月終りに私の庭でコブシを観賞し、五月の連休には、土樽《つちたる》で、コブシの木の下でキャンプした。そして六月十日、ここでコブシをまた見ようとは――。私はついているのだ。

本来コブシの花はあっちに一本こっちに一むらというようにとびとびに咲いているのが特徴で、それがまた早春の花として珍重される所以《ゆえん》でもあるが、この立山山麓のコブシは群生していた。大木はなかった。大木になると花がこぶりになるけれど、ここのコブシの木はせいぜい二、三メートルていどの高さで、花は比較的大輪であり、花の数が多かった。（あとで調べたところ、この木は、コブシと同種のタムシバであった）

私はコブシほど好きな花はないといったけれど、それはなんの誇張もない私の本音で、この雪より白い、純白な花を見ていると、なにか心の中まで清められるような気がする。それにしても、このコブシのすばらしさはたとえようもなく美しいものである。日本全国探しても、おそらくこれほどすばらしいコブシの群落はないだろう。ブナ坂、滝見台、下の子平、桑谷、上の子平、シシガシラ、そしてバスは広い台地の上にたった。森林は既になく灌木林が眼下にひろがっていた。

その眺望の中で、私はもっとも美しいコブシの群落をバスの右窓の外に見た。それは残雪のように白かった。芽が出て間もない春の山を飾るこの白い衣装は、おそらく気も遠くなるばかりの芳香を放っているに違いない。バスから降りて、五分か十分も歩けば、そこへ行けるのだ。私はバスの車掌の顔を見た。彼女は丸暗記した文句をひとことも間違うまいとすることに懸命だった。しかし、これほど美しい、おそらく日本一のコブシの群落についてはひとこともいわなかった。

弘法小屋が雨の中にさびれたままに立っていた。かつて、ケーブルカーができなかった前はかなり栄えた小屋であるけれど、今はみすぼらしい。赤いペンキのはげた煙突から紫煙が立ち昇っていた。

そこからは雪であった。ここから先にはまだ春は来ていなかった。九時三十分、紫の屋根と白壁の弥陀ヶ原ホテル前にバスは止った。雨はいよいよひどくなるばかり。十時半、雷鳥荘から迎えに来た、穴田成八郎君を先達にして、雨の中を雪道に踏みこんだ。

寒くはないけれど、雨の中の単調な歩行はかなり神経にこたえるものだった。運よく風もなく、霧の出る心配もなさそうだったから、予定どおり雷鳥荘行を決めたのである。

靴は残雪を気持よく踏みぬいていった。美松荘を出て、旧道に入った。旧道は雪の下にかくされ、細い踏跡が続いていた。一行は一列になった。私は私のペースでゆっくり歩いた。私のおそい足に合わせて、佐伯さんが、すぐ私の後をついて来る。おやっと思った。この山男は少々違うなと思った。私をひきずり廻し、こっぴどい目に合わせる意志はなく、彼は私の案内人として、私を見守っていてくれるのだと分ると、ほっとした。佐伯さんの態度がはっきりすると、私のそれまでの心配はことごとく消えた。

私は足はおそいけれど、途中で休むことはしなかった。汗が出ないように、息が切れないように、ゆっくりゆっくり歩くのが私の山歩きの癖だった。天狗平に出たところで、突然視界が開けた。雨が小降りになった。眼の前に立山の連山、その左に剣岳が見え、ずっと左に眼を転ずると、大日岳が全貌を見せた。私はこの僥倖《ぎようこう》を、奇蹟として受け取った。大谷の峡谷を越えるころから地獄谷のガスの臭気が鼻をついて来た。旅館群の点在する中を縫っていって、小さい丘を越えると眼の前に雷鳥沢が展開した。雷鳥荘は雪に半ば埋もれていた。十三時半、弥陀ヶ原を出てから三時間かかったわけである。

三

私はすぐ湯に入った。体感温度四十一度、いい湯だった。冷えた身体を温めて、味噌汁で昼食を食べると眠くなった。炬燵《こたつ》でうとうとしていると、外で人の声が聞えた。雨は上っていた。風もないし、雲も動かないけれど、確かに雨は止んでいた。

丸山の斜面でスキーをやっている人たちの姿が二重窓から遠望された。

　私たちは雷鳥荘からスキーを借りて丸山へ出かけて行った。男が二人と女が四人滑っていた。茶太郎（茶のセーターを着た男）が一番うまかった。黄吉（黄色のヤッケ）は滑ることよりも女性たちにスキー術を教えるのが上手だった。四人の女性は四人とも美人ぞろいで、スキーもなかなか上手だった。青子（空色のセーター）は回転が上手だし、みどり（緑のセーター）は直滑降がうまかった。白子（白のセーター）は四人のうちで一番美人だったが、スキーの方は一番下手だった。四人のうちで断然上手な女は赤子（赤いセーター）だった。この女は背が高く、足が長く、お尻も偉大だった。彼女が特に上手なのは、どうもそのお尻のふり方にあるように思われた。私は雪とたわむれる若人たちの姿をだまって眺めていた。私はスキーをはいただけですぐ脱いで、丸山のいただきを目ざして雪渓を登っていた。立山連山のいただきは見えないけれど、かなり視野が展《ひら》けていた。見えるかぎりの景色は白と黒に二分されている。黒い部分は尾根でハイマツ地帯だった。丸山のいただきに立って雄山を眺めていると、時に雲が切れて頂上が見えた。頂上からすぐ下に続く山崎カールが見事な三段階の雪渓を見せていた。

丸山のいただきのハイマツ地帯には春が来ていた。ハイマツは長さ三センチぐらいのミドリをたくさんつけていた。ミドリの花粉のにおいが強烈だった。ナナカマドは真赤な芽をやっと出したばかりだった。

雷鳥荘には三十名ばかりの人が泊っていた。五月の連休には三百人もスキーヤーが泊ったそうだし、夏の最盛期には五百人を越す日が続くのだと、支配人の金田さんが説明した。二階建てだが屋根裏を入れると三階建てになる。山小屋という感じはなく、旅館としての建て方だった。台所に入ると、七升釜が三つ並んでいた。きちんと整理されていてその清潔さが気に入った。

翌朝佐伯リーダーの一声で全員が眼を覚ました。六時である。六時半には出発の予定であった。雨。視界はきかない。

「どうしますか」

佐伯さんが私に聞いた。

「一ノ越まで行ってみたい」

私の答えに対して佐伯さんは腕を組んだまま長いこと私の顔を睨んでいた。

「よし、でかけましょう」

佐伯さんは、案内人としての立場から私を見ているようだ。天候と、山の情況と、私の力量を秤《はかり》にかけて、行きましょうといったようであった。

七時には出発する予定だったが、出がけにきのう丸山で会った赤子さんたち一群に、なにか書いてくれといわれた。一人一人が持ってくるノートや本や手拭に字でも、詩でもない、私の恥を書きつらねていると八時になった。この一時間の遅刻は、この日の行動に大いなる支障になった。

私たちは浄土沢を真直ぐ一ノ越めがけて登ることにした。連日の雨で、雪の表面は溶けていたが、ところどころ氷板があった。四本歯のアイゼンは固い雪には効いたが、やわらかいところではアイゼンの下にダンゴがついて、二、三歩行っては、こつん、こつんとピッケルで雪を払い落さねばならなかった。

室堂が眼下に見えるようになって来るころから風が出た。寒さが、身にしみて来る。大体こんな日に山へ登るなどという馬鹿者がいる筈がない。いい年をして、なんだってこんなばかな真似をするのだろうか。そんなことを考えると、自分がいやになった。

かなりの傾斜であり、雪面は濡れている。私の身体はビニールの防水衣に包まれている。滑ったら最後、つるつるっと、どこまで滑っていくか知れたものではない。私の背後に佐伯さんが見守っていてくれることが気強かった。

十時に一ノ越に着いた。遠くで見ると、城のように見えるのは防風用の石堤であった。一ノ越荘の前に、霧鐘が、横なぐりの雨に打たれていた。強い風である。平均風速は二十数メートル、瞬間最大風速は三五メートルにはなっているだろう。私たちは石垣のかげで、今後の行動について検討した。雄山の頂上往復をやるにしては少々時間が不足だった。出発の時の一時間の遅延が、ここに来て私の前途を暗くした。私は弥陀ヶ原発十五時半の最終バスで山を降りなければ、あとの予定がつまっている。

稜線に風は強かった。雨は氷にかわっていて、頬を痛く打った。それでも私は雄山へ登りたかった。

「浄土岳へ登ろう、浄土岳から室堂へ雪渓を降りればいい」

佐伯さんがルートを決定した。

浄土岳の頂上まではひとことも口がきけなかった。休むこともできなかった。西風が強く、うっかりすると、吹き飛ばされそうだった。氷雨は顔をたたき、首からにじみこむ氷雨が、私の体温を奪った。

浄土岳の頂上には雪に埋もれた緑色の屋根の家屋があった。富山大学の高山研究所である。冬は無人である。とびらは固く釘づけにしてあった。私たちは小屋のかげに入って一息ついた。仲俣さんが小屋を東側に廻りこんだところで引返して来ていった。

「すきまから覗《のぞ》いたら小屋の中に女がいた。たいへんな美人だ」

ばかな、この小屋は無人小屋ですぜ、雷鳥荘の穴田成八郎君が笑った。しかし仲俣さんは確かに見たというのである。その時、小屋の中から、男の歌い声が聞えた。私たちは、顔を見合せたが、確かめに行く者は誰もいなかった。ガスが突然私たちをおしつつんだ。

浄土岳の神社には錆びた錠前がかかっていて、風にがらがら鳴っていた。神社まで、来たものの、この霧では帰路が不安だった。一行はひとかたまりになってしばらく天候の変化を見守った。風があるから霧の切れ目があるだろうという見とおしはうまく当った。

ほんの五分か十分の間だったが、私はここから、立山連山、剣岳を同位の立場から眺めることができた。すばらしい一瞬だった。雨をおかし、風に吹かれて来た甲斐はあったのだ。残雪に立つ山々はすべて荘厳だった。

浄土岳のいただきからの下山は、私の山行にとって最も危険なものだった。私たちはガレ場を降りた。落石が足もとからころがり出し、時によると浮石とともに滑り落ちそうにもなる。ガレ場から、急斜面の雪渓にかかると、膝ががくがく鳴った。先行する人たちの踏跡を求めながら、一歩一歩と下降する私のへっぴり腰を笑うようにライチョウが雪渓を横切っていった。

室堂に着くと、全身から汗が吹き出すように暖かくなった。高度差は争えない。雨は相変らず降っていた。山々は雨雲につつまれて見えなかった。

私たちは帰路をいそいだ。一気に弥陀ヶ原ホテルまで降りて来ると、まだビールを一ぱい飲むだけの余裕があった。

ホテルのロビーで飲んだビールはうまかった。山へ登るたのしみの一つは、山から降りてビールの祝杯を上げるこの瞬間にもある。

「みなさんありがとう」

私は、山行を共にした人たちに心からお礼をいった。

バスは定刻に出発して、定時よりも十五分も早く美女平ロッジの入口についた。そのまま階段をとんとん登って、レストランへ入るしかけになっている。

「コーヒーを四つ下さい」

席に落着くと私はホステスにそういった。

「食券をお求めになって下さい」

「おや、ここも弥陀ヶ原ホテルと同じように前金なんですね」

「はい、同じ経営者でございます」

丸い眼の、丸い頬の、丸い唇をした可愛い少女がそういった。

十八時半、私たちは雨の中を富山の駅へ着いた。

夜の市長と夜の助役が駅頭に私たちを迎えてくれた。

「どうやらおけがはないようですね、私の家内も私も、そして、この夜の市長も、ちゃんと用意して待っていたんですが残念でした」

夜の助役がいった。

私たちは声を合わせて笑った。二日間の苦労は吹き飛んだ。

（昭和三十七年『旅』八月号所載）

知られざる山

私が〝知られざる山〟というテーマの原稿依頼を報知新聞の佐々木さんから受けたのは七月十日頃であった。人に知られていない山へ登って、その記事を新聞に載せるというねらいは面白かったが、知られざる山という山そのものに私は不安を感じた。率直にいって、私は登山家ではないから、ザイルを使うような山へは登れないし、ビバークを要するような山へは行けないと電話で話した。そのへんのことは佐々木さんの方で充分承知していた。第一候補として彼が選んだのは、八ヶ岳のにゅうであった。このにゅうという妙な名の山は、まだ行ったことがないし、行けば面白いだろうと思っていたが、第二候補として巻機《まきはた》山という案が持ち出されると、そっちの方へ私の気持は傾いた。新潟県の山へ一度行って見たいという私の気持がそうさせたのである。

巻機山へ佐々木さんと同行すると決めてから、ガイドブックを買って巻機山のところを読んで見た。ルートは二つ、尾根道伝いと沢登りのコースである。沢登りの方はくわしく書いてないが、尾根道の方は平々凡々の山道らしい。私は長い時間をかけてゆっくり歩くことに自信があった。これなら大丈夫と巻機山に対するおそれそのものは無くなった。次に気になったのは同行者の佐々木さんのことである。どんな簡単な山でも一応パーティーを組む以上相手のことは調べておく必要があった。私は友人の芳野満彦氏に電話を掛けた。

「すごいベテランですよ」

芳野満彦氏は佐々木さんが法政大学山岳部のリーダーをやった人であり、幾つかの山の記録を持っている人であることを知らせてくれた。だが、私には、佐々木さんの経歴よりも、すごいベテランということが妙に頭にひっかかった。私との力の相違である。年齢と力の相違のために山へ行ってひどい目に会わされてはかなわないと思った。私は出発前に一度佐々木さんと会うことにした。七月二十六日の日に彼は私のところにやって来た。巻機山についてすでに調べてあったが、詳しいことがわからないから、私の前で山と溪谷社の川崎隆章さんに電話を掛けた。受話器を漏れる隆章さんの太い声が傍にいる私の耳にもよく聞えた。

「沢登りのコースはどうですか」

「誰と登るんですか」

「新田さん、新田次郎さんと登るんです」

しばらく答えがなかった。隆章さんは考えているらしかった。

「……よした方がいいですよ、尾根道を登った方が安全ですよ……」

電話を切ってから、佐々木さんは、隆章さんの勧告どおり、尾根道を登ることを私に告げた。

私たちが上野駅を出発したのは昭和三十五年七月二十九日の九時四十八分であった。空は曇っており、きのうの夕立のせいかひどくむし暑かった。出発する前に天気相談所に何回となく足を運んで、大丈夫だということで出発して来たのだが気になる高曇りだった。

汽車が国境の山へ近づくに従って雲は低くなった。そしてとうとう汽車が水上駅を通過する頃から雨になった。驟雨《しゆうう》である。むしろ豪雨といった方がいいかも知れない。そんな降り方だった。だがその雨もトンネルをぬけると間もなく止んで、石打あたりを通る時はもう晴れかかっていた。

十五時十五分六日町駅着。登山服姿で汽車から降りた者は私たち二人だけであった。知られざる山というテーマにはふさわしい登山になるだろうと思いながら、清水部落までのタクシーを探した。タクシーの運転手に聞くと清水部落まで三十分で行くという。向うについてからの時間が余りそうだったので、途中なにか見物するところはないかと聞くと、

「雲洞庵《うんどうあん》をご存じですか。六日町の名所といったらこの寺だけです」

その寺は三国街道と清水街道の分岐点を清水街道の方へ入ってしばらく行ったところを左側に折れたところにあった。豪雨のために小川が出水して、子供たちが網で魚をすくっていた。

老杉の参道で自動車を降りるとセミの声が聞えた。大きな寺だったが、妙にがらんとした寺であった。案内を乞うと、白い僧衣を着た眼の鋭い僧が現われて案内してくれた。博学の僧であった。雲洞庵が上杉家の菩提寺であり、昔は越後の寺の総取締りをやっていたほど格の高い寺であった。昔は二十四棟の建物があり、三百俵の年貢米が入ったが、現在は寺有林で細々と寺の経営が続けられていることなど聞かされると時代の移りを感じさせられる。昔は僧の修行道場として多くの若い僧が

この寺を訪れたが、最近は訪う人も稀である。

僧の話をノートしていると、ネコが足元に来た。立派なペルシャネコだった。私は時間が気になった。十六時の気象概況を聞いて天気図を引きたいという希望があったからである。

十六時五分前に見学をすませて、僧にたのんでラジオを聞かせて貰うことにした。十二時の天気図を引いて見て驚いた。小さい低気圧がちょうどこの国境付近にあったのだ。だがこれは移動性のもので、たいしたことはない。明日は大丈夫という確信がついた。親切な寺であった。もう一度ゆっくり来て見たい寺を後にして自動車に乗った。

清水部落までの山道で、みの、かさ、もんぺ姿の人に何回か行き会った。白や紫のアジサイが咲いていていた。

清水村は予想したよりも立派な村だった。大きな学校を左に見ながら帯のように細長く続く村を川に沿って登った。ほぼ村の上端に、私たちが泊るべき予定の泉屋があった。

自動車を降りると家の中から鼻水をたらした四、五人の子供たちが顔を出した。

なんとなくほほえましい感じだった。

宿に落ちついてから村の中を歩いて見た。家の軒々に巻機山奉行所とか巻機山参詣所《ほうこうじょ》とか書いてある。宗教登山として開かれた山なのだ。奉行所が〝ぶぎょうしょ〟に読めておかしかった。屋根に置いた石はまだ濡れていた。一時止んだ雨がまた降り出した。寒い。

夜の炉端でこの家の主人の阿部房吉氏に会った。阿部家は代々この清水街道の関所守を勤めた家柄だったそうである。なげしに、槍、さすまた、げっけい、そでからみなどの武具が掛けてあった。古文書を見せて貰った。ほとんど読めなかった。

一応の昔話を聞かされたあとで、佐々木さんが明日のルートのことを聞いた。

「割引沢《わりめき》を登った方が面白いですよ。道標も完備しています」

阿部さんはしきりに割引沢遡行をすすめるが佐々木さんは考えているようだった。出発する時、川崎隆章さんから止められていることを思い出したのだろうか。私はリーダーの佐々木さんにすべてをまかせるつもりで、阿部さんが出した宿帳に住所氏名を書いてから、過去に向って帳面を繰っていった。川崎隆章という名前があった。同行者として女性ばかり数名の名前が書いてある。

「川崎さんはどっちを登ったんです」

私は阿部さんに聞いた。

「割引沢を登られましたよ。あの日は……」

阿部さんは当時を思い出しているようだった。

「割引沢を登ろう。割引沢からヌクビ沢に抜けようじゃあないか。この方が滝があって面白そうだ」

私は佐々木さんにいった。なにもかもリーダーの佐々木さんに任せている筈の私が、いきなりこういったので佐々木さんは妙な顔をした。佐々木さんは心配しているのだ。

「隆章さんが登ったんだから僕にだって登れる筈だ」

私はそういいながら、隆章さんが佐々木さんに、沢登りはやめた方がいいといっていた、受話器を通しての太い声と彼の黒い顔を思い出した。佐々木さんがやめろといっても私一人でその沢を登るつもりでいた。

「川崎隆章さんが登って僕に登れないことはないでしょう」

少々きつくいうと、佐々木さんはむっとした顔をして、

「任しておいて下さい」

といった。

翌朝六時半、私たちは緑の風の中に立っていた。日が山の上にあがると、山ひだを黒く描き出して見せる。桜坂の下あたりまで来ると、割引沢がよく見えた。上部は雪渓につつまれ奇相な天狗岩がそびえ立っていた。

「まずいな……」と佐々木さんがいった。今ごろ雪渓が沢の上部にぎっしりつまっているのもまずいし、雪渓に達する時間が、あまりかんばしくないと彼は自問自答のかたちで呟《つぶや》いていた。だが私はその雪渓に興味を持った。

「沢登りにきめましょう」

私はリーダーの佐々木さんより先に、尾根伝いの檜穴ノ段の方へはいかず割引沢への道に踏みこんだ。

佐々木さんは相変らず怒ったような顔をしていたが、やめろといわなかった。沢に入ると、日は見えず、手を入れるとびっくりするほどつめたい水が流れる暗い渓流に沿っての遡行であった。石や岩に赤のペンキで道しるべがあったからそのとおり行けばいいのだが、面白くないからというわけで、川のふちをへずり気味に吹き上げの滝まで登ったが、そこで行き詰りとなって左へ逃げた。かなり立派な滝だった。しぶきが顔にかかると身震いするほどつめたかった。

そこからは小さい滝がいくつかあった。泉屋で貰った案内図に書いてある藍《あい》ガメの滝はまことに立派な滝だった。道は滝の上を高巻くようになっていたが、水がちょろちょろ流れているいやな場所だった。一歩滑れば、生命のなくなるのはうけ合いだった。危険な場所には鉄線が張ってあった。高巻きの終りに数メートルの岩場があった。鎖がつけてある。私が鎖にすがって、その岩場の上に立つと、「こういうとこの鎖なんかを、たよりにするものではないですな」

と佐々木さんがいった。注意は有難いがたよりにしてしまった後だったから、あまりいい気持ではなかった。

藍ガメの滝までは、うるさいほど赤ペンキが岩や石に書いてあったが、そこから上は急に指導標がなくなっていた。案内図にある布干岩はどうやら分ったが、行者ノ滝というあたりまで来ると、指導標はなく、沢が二つに分れたところなどへ来ると、どっちへ行っていいか分らなくなった。佐々木さんが先行した。行者ノ滝の上は雪がぎっしりつまっていた。かなりの高さまで来たことは天狗岩がすぐそばに並んでいることで分る。

　雪渓はところどころ大きな口を開いて、水を吐き出していた。その雪渓の切口を見ると、雪渓の肉は薄い。まず人間一人を乗せるのにやっとぐらいに思われた。雪渓に乗ると、その下を流れる水の音が、遠い雷鳴のように聞える。雪渓の中を川が流れているときまっていれば、雪渓の隅の方を歩いていくのだが、そうばかりとは限っていない。雪渓の下で水の流れがどう変化しているかは上から見ただけでは分らない。案内図に書いてあるヌクビの滝らしき滝を越えると天狗岩の頂は眼の下になった。案内図を見ると、この辺から右に逃げて巻機山の稜線に出るように書いてある。

　佐々木さんは五万分ノ一の地図と、泉屋で貰った案内図を見較べてしばらく考えていたが、それ以上危険な雪渓を登ることはやめ右のヤブ道に入ることにした。十一時。

　私たちはそこで大きなミスを犯していたのだ。やぶ道のように見えたのは道ではなく、大雨の後に流れた跡だった。水はなく、石が露出していた。大変な急傾斜だった。登ろうとしても手掛りがなかった。ピッケルを持って来なかったことを今更のように後悔したが、どうにもならなかった。水の流れた跡は結局しばらく登って行き詰りとなり、またやぶの中に入った。ブッシュの枝が傾斜面にそってさし出ていて、眼をさされそうだった。そこをよけて、草付の半ガレ場を草の根をつかんで登ったり、またブッシュ地帯に入ったりして少しずつ高度をかせいで行った。

（この辺で、両手で握っている木の枝でも折れたら……）

私は高度を増すとともに、そんな不吉な想像をした。雪渓が真下に見えた。一歩あやまれば雪渓まで滑り落ちていくことは確実だった。

「あの雪渓を登りつめるのが本当じゃあなかったのかな」

私は道に迷ったことを既に認識していた。

「だが、もうここまで来たら登るしか仕方がないでしょう」

彼は相変らず、つめたい顔でいった。ここまで来れば、登るより、下る方が危険だった。しゃにむに登り切るよりは手がなかった。それにしても、ひどいやぶと急斜面には、どうにもやりきれない。ここでは足で登るのではなく、握力登山であった。佐々木さんの踏んだブッシュが起き上らないうちにその足跡にこっちの足を載せないと、木はすぐはねかえって先行する佐々木さんの姿をかくしてしまう。私は何度も彼に、ゆっくり登ってくれといったが、彼は相当ばてかけた私にたいした同情はしていないようだった。

この登攀中に私は誤って二メートルばかり落ちた。無意識に木の枝をつかまえたので、下には落ちずに止った。佐々木さんは、その失敗をやらかした私を見て笑っているのである。腹が立った。いそがしい私をこんな山へつれて来て、道に迷わせたあげく、私の失敗を冷笑するとはなにごとだと思った。だが、佐々木さんは私の怒ったことなどは、屁とも思わないらしく、道を探すからといって、さっさと登っていくのである。

不安になった。そのうち雨になり、日でも暮れたら大変なことになる。食糧もないし、ツェルトザックさえ持っていないのだ。

私は木の根っこに身体をもたせかけるようにして呼吸をととのえた。心臓の動きが激しく、こめかみのあたりが、ぴくつくのがはっきり分る。私のエンジンは最大限に働いているのだ。笑い声がしたような気がした。上を見たが佐々木さんは暗い森の中に消えて分らない。声は私の頭の中の声だった。急傾斜面の登攀で、ものすごくたぎり立った私の身体が作り出したある人の声の回顧だった。私は川崎隆章氏の声を聞いたのである。彼が白い歯を出して笑っている顔を思い出したのである。

「だからよせといったのに……」

彼の口調まではっきり聞えるような気がした。どうにもこうにもじっとしてはいられない気持だった。だが、考えて見ると、やはり私にはこの沢登りは無理だったかもしれない。しかし、宿でくれた案内図さえ間違っていなかったらと今度は泉屋の主人の顔が憎らしくなった。

やや明るくなった感じで、山の頂上に近づきつつあることは、想像されたが、依然として、眼をつくブッシュのやぶであった。どうにかこうにか、危険な斜面は登り切って、山の頂近くになったところで、私は佐々木さんに休ませてくれといった。彼は返事さえしなかった。

頭の中がぐらぐらした。それからどのくらい歩いたかほとんど覚えていない。突然やぶが眼の前から消えると、緑の草原と、その草原を彩る強烈な赤い色彩が私の眼を射た。

そこは空に開く花園だった。見渡すかぎりの草原にニッコウキスゲが群れをなして咲いていた。もはや、私の前にさえぎるものはなにもなかった。私はなにかわめきながら草原にすわりこんだ。風が花のかおりを運んできた。風が吹くと草原は波打ち、花で彩られた草原の模様は豪華な衣装のように揺れた。

私は巻機山高原の景色を見ながら充分に呼吸をととのえてから、今まで不親切だった佐々木さんに腹一杯の文句をいってやろうと思っていた。

呼吸がおさまり、起き上ると、彼はしばらく見せなかった笑顔で、

「年齢《とし》の割にはやりますね」

というのである。ほめたのか、からかわれたのかわからないが、不思議に怒りは消えていた。怒りが消えると空腹を感じた。私たちは泉水のほとりで弁当をひろげた。

飯を食べてから、私はノートにデータを書きつけようとして上衣のポケットに手をやった。万年筆がなくなっていた。長いこと愛用した万年筆であった。多分やぶに取られたのだろう。飯を食べていると、私たちのかなり下の方の稜線に人影が見えた。やはり、道に迷ってやぶこぎをしてやっと高原に出たもののようであった。巻機山頂上から男女二人の登山者が降りて来て言葉をかわした。この人たちは新潟の人で既にこの山へ数回来ていた。私たちが迷ったことについては、

「その案内図では迷うのが当り前ですよ。あそこにいる人たちも朝早く出て、途中

で道に迷って偽巻機山の方へ出たのです」

といっていた。どうやらその日この山へ登ったのは三パーティーで、この山へ初めての二パーティーが迷ったもののようであった。

巻機山の頂上に立つと、はるか遠くに富士山、秩父連山、八ヶ岳、眼をひるがえすと北アルプスが見えた。近くには武尊《ほたか》山、谷川岳連峰の一つ一つが数えられるようにはっきりしていた。一時曇りかけていた空がまた晴れたのだ。

それらの遠景より、暗い谷をへだてて肩を並べて見える魚沼三山の八海山、駒ヶ岳、中ノ岳の眺望はすばらしい。ヤッホーをかければ、声がとどきそうな気がした。

頂上にはヒメイワカガミとワタスゲが敷きつめたように生えていた。風はつめたい。

この二〇〇〇メートルの高原はどこか霧ヶ峰と似ているところがあった。俗化しない前の霧ヶ峰の姿を見るようだった。広大な草原の起伏は米子頭《こめごがしら》山の方へ向って続いていた。この空の花園にも似て美しい高原にはあまり訪れる人がないらしく眼ざわりになる一軒の小屋もなかった。偽巻機山の頂にいた登山者が巻機山頂上への登山をあきらめて下山すると、この広い草原には私と佐々木さんの二人だけになった。

「ひどい眼に会わせてすみませんでした」

佐々木さんがぽつんといった。考えてみると佐々木さんに謝って貰う筋合はどこにもないのである。割引沢遡行をいい出したのはもともと私だった。宿で貰った案内図を信じたのが悪かったといえばいえないこともなかったが、もともとそれは案内図であって、地図ではないのである。結局、私たちが道に迷ったのは途中で指導標がなくなっていたことと、ルートの研究が不足だったことにある。私はこっちこそあなたに迷惑をかけて悪かったと佐々木さんに謝ってから、

「とにかくいい経験をしましたよ」

それがこの時のいつわりない私の気持だった。ニッコウキスゲの花園にいる私の心からは怒りは完全に消えていた。

小憩した後、二人は両手をひろげて飛ぶ鳥のような格好で山を降りた。あまり愚図愚図しておられない時間だった。帰りの尾根道は森の中の長い長い平凡な道だった。一気に桜坂まで駈け降りて山をふり仰ぐと、山は夕暮積雲に包まれていた。

（昭和三十六年『山と溪谷』六月号所載）

秋の南アルプス

一

雨の音に眠が覚めた。

静岡県安倍郡井川村村営白樺荘の庭いっぱいに咲いたコスモスの花が風雨に打たれて揺れていた。ゆうべ、暗くなって着いたので周囲の景色を見るのは今朝が初めてである。窓から顔を出して見たが霧で見とおしはきかないが、あまり景色がいいところではなさそうである。

白樺荘というからまわりにシラカバでもあるかと見廻したが、シラカバらしいものは一本も見えない。もっとも、ここは海抜七〇〇メートル、シラカバがある筈がない。シラカバのないところに白樺荘と名のつく旅館はここだけではなく、観光地ではよく見掛けることである。

無理して白樺荘などと気取った名前をつけず、それぞれの地に古くからあった名前をそのままつければいいのであるが、どうしてこういうばかなことをするのだろう。日本人の悪い癖だ。地図を見るとこの近くに明神沢がある。明神荘で結構ではないか。夕べ夜半に犬が吠えてよく眠れなかったせいか私は少々機嫌を悪くしていた。それに雨のせいもある。

起きて顔を洗っていると、冷気が身にしみる。東京の十一月末の寒さである。こんな雨の日に、登山とはよくよくついていないのだとあきらめながら、登山服に着がえて食堂に出た。

旅館のラジオで天気予報を聞こうと思ったが、ものすごい雑音で聞えない。あてて、携帯用のラジオに切りかえたがやはり雑音は同じである。雑音は近くから発生されているらしい。

静岡の気象台へ電話をかけたら、出るには出たが相手の声が蚊の泣くようにしか聞えない。向うもこっちの声が聞えないという。静岡市とこの井川村とは直線距離で四〇キロメートルも離れている。その距離のせいではなく、電話線が山の中を廻り廻って通っているから、この長雨でどこかに故障でも起きたのかも知れない。だが天気予報はどうにか分った。

「今日いっぱい雨、明日は、曇り、のち天気は次第によくなる」

まああの天気でほっとしているところへ、役場からことづけの電話があって、こんどの山行の案内者の二人が、この長雨で大井川鉄道の閑蔵のあたりに事故があって不通になったので、二時間ほど遅れるということであった。

私はもともと縁起をかつぐということはしないたちだが、私のいままでの経験によると、登山する前に、なにかいやなことがあると、先々いやなことがついて廻ることが多かったので、どうもこの日の出発には気がすすまなかった。

十時近くなって二人の案内者が現われた。私は東京を発つ時から、二人の案内者は、二人とも、がっちりした山男とばかり思いこんでいたが、そこに現われた登山姿の一人は美しい若い女性であった。しかもそのお嬢さんは軽く見つもっても二〇キロぐらいはあると思われる荷を背負っていた。もう一人の小柄ながっちりした男の方は三〇キロぐらいのキスリングを背負っていた。

私は南アルプスのことは知らないので、この辺のことにくわしい塩沢満君にいっさいまかせて置いて、ルックザックひとつで東京からやって来たのだが、まさかこんな美しいお嬢さんが案内してくれるとは思っていなかった。だいたい、女流登山家に美人はいないという定説を、見事にぶち破ってしまったのも愉快だった。夕べから今朝にかけて、むしゃくしゃしていた気持が一度にすっとんだ。天気になるかもしれないぞ。

渋谷蓉子さんは大井川町の出身で女子美大を卒業したばかりで、目下花嫁修業中であるが、大学時代から山が好きで、特に南アルプスについて隅から隅まで熟知しているということであった。

菊田昌次さんの方は地元井川村井川の人でこの夏南アルプス県営小屋の管理に当っていた人である。井川山岳会員中のベテランであった。

私が何回登ったかと、愚かな質問を発したところ、二人は顔を見合せて、何回だったか数え切れないねえということであった。

一行は塩沢満君が運転するフォルクスワーゲンに乗って雨の中を出発した。

畑薙《はたなぎ》湖を右に見ながら、走る自動車の中で、私は、

「春と秋はすばらしい景色だろうなあ」

とつぶやいた。春は萌黄色、秋は紅葉で美しいだろうと思ったのである。今はそ

の秋であるが、ここにはまだ紅葉は訪れてはおらず、霖雨《りんう》に煙る山峡の人造湖は、うす気味悪いほど、静かな表情で沈黙していた。第一発電所のところで、橋を渡ると、いままで、右に見えていた畑薙湖が左にかわる。自動車が止ったところにものすごく長いつり橋がかかっていた。

畑薙大つり橋で、ここがほんとうの意味での南アルプス登山口である。ここからは足で歩かねばならないのである。橋のかたわらに道標があって、南アルプス国立公園、上河内《かみごうち》岳、茶臼岳登山口と書いてあった。

明後日、迎えに来て貰う時刻を塩沢君と打ち合せてから、さて、ルックザックを背負おうと思ったがない。

「私が持ちましたわ」

と渋谷嬢がにこにこ笑っている。彼女は私のルックザックを彼女の荷物の上に手早くくくりつけたのである。それではから身で登山ということになりますねと恐縮していると、そばから菊田君が、

「渋谷さんは、まだまだあれぐらいの荷物では不足でしょう」

と笑っている。見たところ身長百六十数センチ、体重五〇キロぐらいの楚々とし

た体格で、私のルックザックと合わせ、二十数キロの荷物はたいへんだろうと思ったが、彼女の方はいっこう平気のようであった。

塩沢君と別れて、いよいよ登山の一歩を踏み出す。渋谷リーダーがトップ、つぎが私、ラストが菊田君である。一〇〇メートルほどにも感じられる長いつり橋が、途中まで来るとぐらぐらゆれる。リーダーの渋谷さんは途中でしばしば立止っては私の足元を見てくれる。つり橋を渡ると、すぐそこからたいへん急傾斜な登山路が私を待っていた。ガイドブックで読んではいたが、いきなり急坂へほうりこまれるとは思っていなかった。一時止んでいた雨がまた降り出して、私の雨具をしたたかたたく。

私は、山へ来ると、自分のペースで歩く。他人のペース（特に若い人のペース）で歩いていると途中でのびてしまうから、荷物を軽くして、私なりにゆっくり歩くのである。時計を見た。十時三十分である。私の足で暗くなるまでに横窪小屋までいけるだろうか。

私は山登りの最初はカメの子のようにゆっくり歩く。体調を整えるためである。ゆっくり歩くが、食事以外には休まないのも、私の歩き方の特徴である。このことは塩沢君を通して、案内者になっていただく人によくいってくれるようにたのんであったが、もともと飲ん兵衛で楽天家の塩沢君のことだから忘れてしまったかもしれない。知らない人と山へ登るときは、このことが一番心配なのである。若さと足にまかせて、引張り廻されて、死にそうになったことが一度や二度ではなかった。

私は前後の人たちの様子に神経をとがらせながらゆっくりと歩いていた。前をいく渋谷さんは大きなキスリングを背負っているから姿は見えない。彼女のおヒップにつりさがっている樺太犬の敷皮が揺れるのが見えるだけである。登り出してすぐ気がついたことだが、リーダーの渋谷さんは、私の遅足にひどくたまげてしまったらしく、しばらくの間は、先に行ってしまっては立止って待つといったような歩き方だったが、そのうち私の歩調に合わせて、歩けるようになった。

私のあとにつづく菊田君はと見ると、彼もまた、歩き出した当初は私の遅足にあきれ顔のようであったが、すぐ馴れて、ゆっくりゆっくりと従《つ》いて来る。

リーダーの渋谷さんが歌を歌い出した。歌いながら歩いていて呼吸を乱さないのにびっくりした。余裕充分なのであろう。彼女が歌い出すと、こっちの足も軽くなったようであった。足は軽くなったが、もうれつな汗が出る。雨具の下に着ているシャツはびっしょりである。帽子を取ると、頭から湯気が濛々《もうもう》と立つ。その汗を拭き拭き登っていく私の姿を渋谷さんは時折ふりかえって珍しそうに見ていた。彼女は汗をかいてはいないのである。うしろの菊田君も汗をかいてはいない。

塩沢君が南アルプス一のガイドを紹介するといったが、なるほどと思った。私はもう安心した。こんどの山行は大成功と確信した。私は私のペースでやればいいのである。あとはご両人がなにもかもちゃんとやってくれるのだ。

二

私が最初に経験させられた急傾斜な道はやれやれ峠というのだそうだ。もう少しなんとか名のつけようもあったのにと思いながら歩いていた。クリ、クルミ、ヤマナシ、アケビなどが豊富で、ほとんど人が通らないので、道に、それらの木の実がころがっていた。うしろからついて来る菊田君の姿が見えなくなったと思ったら、すぐ、両手にいっぱいアケビのつるをさげてやぶから出て来た。よく熟したアケビを口いっぱいにほおばると子供のころを思い出した。アケビを食べていると小鳥の声が聞える。鳥が多いのだ。ウルシ、ヌルデなどの紅葉したのにときどき行き当るようになった。クルミを五つばかりとクリの実を三つ四つ拾ってポケットに入れた。出発したばかりなのにやれやれ峠はおかしい。胡桃《くるみ》峠とでも名づければよかったのにと菊田君にいったら、ほんとうですね、改名しましょうかと村長のようなことをいった。とんでもない、白樺荘という名を明神荘に変えることができないと同じように、一度名前をつけたら、もう変えることができないのだ。

やれやれ峠から上河内沢に降り、小さなつり橋を渡った。河原沿いの道であるが、石ごろ道ではなく、道はよく整備してある。ススキ、バラなどのぼさの多い道で、河原というよりも野原のような一本道を、向うから黒い犬がやって来たので、三人は立止った。犬の方も、ちょっと立止ったが、すぐ三人のそばをすりぬけるようにして下へ降りていった。誰か人が来るかと思ったが誰も来ない。南アルプスには、野犬が多いというがこの犬も、木材伐採の飯場で飼育されていたのが人夫がいなくなって、そのまま野犬化したのかも知れない。

薄日がさした。紅葉したブドウの濃紅の葉が輝いて見える。晴れるぞと思ったが、それもほんのしばらくで、霧は上河内沢一帯をおおってすぐまたはげしい雨になった。

檜樽橋、大代沢橋と同じ上河内沢の渓流を右岸に渡り、左岸に渡り、川にからむようにして登っていくにしたがって秋色は濃くなっていく。この雨はもう一週間もつづいているのに、川の水が澄み切っているのは、やはり、森林にめぐまれた南アルプスの特徴の一つかも知れない。渓流の水量は増加したふうには見えなかった。

渓流にさし出したモミジの枝の先端が流れのままに揺れ動いていた。

ウソッコ沢に降りる直前、上河内沢にかかるつり橋の下の河原で、滝をいろどる紅葉を見ながら昼食を摂ったのが十二時であった。岩に腰を降ろすと、それまで出た汗がひやりと身体に触れる。長くはそこにとどまることはできなかった。白樺荘で作ってくれた冷え切ったおにぎり三個を福神漬のおかずで食べる。

十二時半にウソッコ沢を出発して、つり橋を渡り紅葉の錦の中に踏みこんでいった。そこから鉄橋の長い階段がつづいている。途中二カ所ほどボルトが抜けていたが、先行の渋谷さんがいちいち注意してくれるから別に心配することはない。ちょっとした平に出て、丸木橋を渡って、それからはまた急な登りであった。

ガイドブックには二時間半の急な登りの尾根道を登りつめて下ると、そこに横窪小屋があると書いてある。つまりこの尾根も一つの峠になっているが、この尾根道にも峠にも名前はついていない。これは、井川村の助役である大村正さんが音頭を取って作った道だそうである。いうならば大村新道である。この道の開発によって以前にくらべると非常に楽になったそうである。

急な尾根道の途中にちょっとした休み場がある。中の台というのだそうだ。朴の木が黄葉して、天狗の扇のような葉を頭上にふりかけて来る。この尾根はどこを歩いてもずっと下の沢を流れる水音が、非常に近く聞える。

「この尾根に名がないなら名をつけようではないか」

と提案すると、渋谷さんが、

「水音《みなおと》尾根又は水音《みなおと》峠ってつけたらどうかしら」

という。菊田君は、

「音沢《おとざわ》尾根か音沢《おとざわ》峠がいいでしょう」

という。こうなるとどっちがいいともいえないで、そのままにして置いた。そのうち、どちらかが、この尾根の正式な名称となるだろう。

峠のいただきに立って見ると、沢一つ越えて向うに横窪小屋が見えた。さすがにうれしかった。今日一日でここまで来ることができるかどうかと心配していたがどうやらつけそうだ。そこからの下りは楽だった。その小屋が本日の最終目標地だと思うと、足はさっさと動く。小さな沢の石を飛ぶように渡って、ちょっと登ったところに小屋があった。小屋の前がキャンプ地になっているが、シーズンオフだから誰もいない。時計を見ると三時ちょっと前であった。

私たち三人は県営横窪小屋についたのである。鍵はかかっていない。小屋は建ててから、二、三年というところだろうか、まだ新しい。

「こんちは」

といって入ったが誰もいない。いる筈はない。つめこめば四、五十人は泊れるほどの広さの小屋で、中央に土間が通っていて、奥にドラムカンを改造したストーブがある。板の間の上に茣蓙《ござ》を敷いて、その上に、各自が持って来た寝袋を敷き延べて寝ることになっているのである。書き忘れたが、南アルプスのほとんどの小屋は原則として、寝具、食料、燃料は、自己負担ということになっている。北アルプスの小屋のように、身体だけ持っていけばなんとかなる山とは違っているのである。

「だから南アルプスへは、ほんとうに山が好きな人しか来ないの。南アルプスをこのまま残すには、いわゆる、上高地族的登山者を近づけないことよ。山小屋が北アルプス的になったら南アルプスは亡びる。南アルプスが亡びたら日本の山が亡びたと同じことだと思うわ」

渋谷さんは南アルプスのためにこんなことをいいながら、まきストーブに火をつけた。小屋の中に若干の薪《まき》があった。小屋の外へ出てさがせば倒木がいくらでもある。鋸《のこぎり》と鉈《なた》を持って外へ出た菊田さんは、ものの二十分とは経たないうちに、ものすごく大きな枯木の束をかついで帰って来た。

ストーブが赤々と燃え出したところで、私は着がえにかかった。下着は水をかぶったように汗で濡れていたから、かわいたものを着かえるとぽかぽか暖かくなる。なにかたいへん幸福感に浸りこんだ気持だった。板壁に掲示板がある。

登山者のみなさまへ

一、自然を大切にしましょう。

一、到着直後に名簿に記入してください。

一、火気は特に注意してください。

一、炊事は必ずきめられたところですること。雨のときには管理人が場所を指示いたします。

一、燃料は落ちた枯枝を拾ってお使いください。入用のときには一束三十円でお分けいたします。

一、幕営地は管理人が指示します。

一、出発前には必ず掃除をしてください。

井川山岳会

横窪小屋は県営小屋だが、県当局が経営を井川山岳会に一任してあるのである。この注意書を読んで私は大いに感心した。だいいちに高圧的調子で書かれていないことであり、第二に、しごくもっともなことを懇切丁寧に書いたことであった。きのうの午後、井川村の森山村長さんと対談したとき、「南アルプスは静かにして置きたいと思います。美しいものは、そっとして置きたいという気持でしょうかね。だからといって登山者がどんどん入って来るのに、道や橋を作らないというわけにもいかないし、弱っているところです」といっていた。森山村長や助役の大村さんの気持が県営小屋にも反映しているようでうれしかった。

それからの私はなに一つすることはなく雨の音を聞きながら、二人が食事の用意をしてくれるのを待っていた。殿様登山とはこういうものかとつぶやいたら、菊田君が、いえいえどうして、南アルプスの樹林を広い面積にわたって買いしめた大倉喜八郎は山駕籠《やまかご》に乗って歩いたということですといって笑った。

食事はうまかったし、ストーブが燃えると小屋の中はあたたかになった。しばらくぶりの山歩きで疲れていたので、早々と寝ることにした。

茣蓙の上にエアマットを敷き、その上に寝袋を敷いてもぐりこんだ。寒くはないが、背中がごろごろして眠れない。山へ来るといつもこうである。眠れないままにあっちにごろごろ、こっちにごろごろしていた。けものだか、鳥の声だか分らない声が聞える。

渋谷さんも、菊田君もよく眠っている。もの音一つない山小屋で、自分一人が起きているということは、おそろしいように淋しいものである。ストーブが消えて、明け方近くひどく寒くなった。そのころになって、私はいくらか眠った。

三

起きるとひどく寒かった。晴れるぞという直感がした。きのうにくらべて、霧はずっと薄くなっているし、山のもの音が、なにもかもはっきり聞える。晴れる前兆なのだ。顔を洗いに下の川まで降りていった。紅葉が美しい。きのう来たときにはそれほど美しいと思わなかったのに、一夜明けて見て、こんなに色彩がはっきりして見えるのは、やはり光量のせいなのだと思った。このあたりには立枯れの老木が多い。立枯れの木の枝にクモが巣をかけ、その巣に露がひっかかって朝日に輝いている。数えたら、一つの木に六十ほどのクモの巣があった。

朝食をすませて七時半に小屋を出発した。出発に先だって、半かわきの下着を身につける。ひやっと身ぶるいするほどつめたかったが、横窪小屋から、急な登り坂にかかると、すぐ汗が出て来る。これから茶臼小屋までは一気に登りつめねばならない。ゆっくりいくのだと心に声をかけた。

どこまでつづくか分らないような登りであった。一時晴れていた空がまた曇って小雨が降りだしたけれど、きのうのような降り方ではない。とにかく全体的に明るいから雲は薄いに違いない。やがて日がさして来るだろう。急な登りでつらいけど、紅葉が眼を楽しませてくれるからそれがなぐさめになった。赤土の傾斜道になると、足が滑る。そういうときには森の中へ踏みこんで迂回した方がよかった。

高度が増していくにつれてまわり全体が明るくなっていくようである。雨はやみ、霧も晴れていく。静岡気象台の天気予報どおりになったのだ。私はレインコートを脱いだ。うしろの菊田君から手が出てすぐ持ってくれる。

尾根を中ほどまで登るとシラカバが多くなった。シラカバの黄葉は美しい。モミジの紅葉と並んでいるのに出会うと、その対照美に思わず眼をみはる。明るく感ずるのは雲が切れて来たせいもあるが、このシラカバの黄葉が光を乱反射させるためかも知れない。ちょうど雪原の中に立ってまぶしいのと同じように、黄葉の中に立ってまぶしさを感ずるのである。

この尾根の名前を菊田君に聞くと、

「ここにも名前はないんです。さてなんていう名がいいでしょうねえ渋谷さん」

と、私をとびこして、前の渋谷さんに話しかけた。

「カンバ尾根はどうです。どっちを見てもカンバばっかりですからね」

私は、とっさにいった。たくまずして私の口から出たことばであった。幸い二人が、それがいいと支持してくれたので、私はたいへん愉快になった。登るにつれて、霧は薄くなり、足元から徐々に視界が開けていく。いままでは霧で分らなかったのだが、私たちはもうかなり高所に来ているのだ。

私は黄葉と紅葉の中に耽溺していた。身も心もこの美しい色に染まっていた。薄日がさしかけると、私たちが登っている尾根を中心にして左右の沢が見えて来る。

黄葉、紅葉の美しいこと、私はその景観に釘づけにされた。私は山が好きである。特に秋の山が好きである。紅葉の山も、黄葉の山も美しいが、ここの黄葉と紅葉は、私がいままで見たどこの山の黄葉、紅葉よりすばらしかった。

紅葉、黄葉が美しくなる条件はいくつもある。第一に、日射、第二に気温、第三に気温の低下のあり方、第四にその夏における気候等によって、色の美しさが決定される。紅葉の名勝といわれている奥日光も、黄葉の名勝といわれている上高地も、それぞれ、これらの条件を充分に備えているからだと考えられている。

率直な告白をすると、私は南アルプスのこの紅葉、黄葉に余り多くの期待を持ってはいなかった。それは美しいだろうが、絶品ではないと思っていた。それが私の少しばかりの気象学的な知識がわざわいしたおろかな推測であったことが、いまここで立証されたのである。

私はこれほど鮮明な、紅色と黄色を見たことがない。混り気のない紅葉と黄葉の配分の中に、ツゲ、シラビソ、モミなどの常緑樹が点在しての三色の混合美は、魂を奪いさられてしまいそうに美しいのである。

この鮮明な美しさはいったいなにが原因だろうか――おそらくそれは、南アルプスという立地条件なのだろう。雨量と温度にめぐまれて充分に発育した木々の葉に、ある日突然訪れた寒冷な空気がこの鮮明な紅葉と黄葉を創り出したのであろう。

しかしこのように美しい紅葉と黄葉は南アルプスの山麓では見られない。南アルプスのいただき近くなってはじめて見られたのである。ここまで登って来なければこの恩恵には浴することはできないのである。

黄葉のダケカンバの間から上河内岳が見えた。いただきから流れ落ちる幾条かの銀の糸のような川が紅葉、黄葉の中にきらきら輝いて見えていた。

尾根を登りつめるちょっと手前に真赤に紅葉したヨウラクツツジにかこまれて指

導標があった。そこから茶臼小屋までは、ヨウラクツツジの紅《くれない》の庭園を歩き、そして、すぐダケカンバの黄の庭園に踏みこんだところに、緑の屋根が見えた。

十二時。私は日記帳に茶臼小屋到着時間を記入すると、すぐ頭の上に見える稜線に眼をやっていた。

十二時半食事。食事の間も、外のことが気がかりだった。一秒も一分も早く南アルプスの稜線に立ち、もっと、もっと美しい景色に接したいという希望を述べると、渋谷さんも菊田君も承知してくれた。

茶臼小屋から稜線までのハイマツ地帯の間の道はそう急ではない。すぐそこが稜線だった。

稜線に立って伊那の谷を遠く望見したとき、私は初めて南アルプスの脊稜に立っていることを自覚した。

天気はまだ本復してはいない。雲量は多い。風がないところを見ると、まもなく天気が悪くなるかもしれない。しかし、いまはいいのだ。絶好の登山日和になったのだ。

南アルプスは雄大だと聞いていたがなるほど雄大である。北に見える上河内岳は意外なほど白い表情をしているのに聖岳《ひじり》は黒々と大きく、兎《うさぎ》岳の裾の方は黄葉にいろどられていた。これらの山稜は北アルプスのそれのように、痩せ細ってはいない。広々とした幅を持ち、植物におおわれた豊かな山稜が続いている。陽炎《かげろう》は見えないが、いまにも陽炎が燃え出しそうに見えるほどのどかな山々のたたずまいであった。

西側の伊那谷は深く遠く、煙霧のためその底の底まで見えなかったけれど、ずっと向うの雲海の上に木曾駒ヶ岳が置き物のように見え、それと対照的に、南西に恵《え》那《な》山が優麗な姿を見せていた。

うしろをふりかえるとすぐそこに茶臼岳があった。微風に吹かれながら、眼に見える南アルプス全山の秋の錦織を嘆賞しながら、ぶらぶらと山稜を歩く。

茶臼岳頂上はハイマツにかこまれて立つささやかな岩峰であった。西に仁田岳、易老《いろう》岳そして南アルプスの終点の山、光岳《てかり》が見える。

「仁田《にった》池まで降りてみませんか。仁田と新田、字は違っても発音は同じですから、敬意を表した方がいいじゃあないかしら」

渋谷リーダーは、そういってさっさと山腹を降りていった。霧が出て視界をさえぎる。どこへつれていかれるやら見当がつかない。

霧が晴れた。道が平らになる。ダケカンバの老木の根を踏み越えると、突然前が開けて、そこには神々の庭園があった。一瞬、立止って、姿勢を正して頭を下げたくなるほどの、自然のままの庭園であった。何百年経ったか分らないようなダケカンバの曲りくねった木々の間に池があった。ひとまわりするのに、何分とはかからないような小さい池だったが、その他に、周囲の紅葉黄葉が映っていた。水は澄んでいた。神々の庭園の主体となる草原の中にミヤマリンドウが咲いていた。あたりがよごれていないのはシーズンオフだからということもあるけれど、やはり、ここらあたりへ入りこむ登山者は、山のエチケットを心得ている人たちだからなのであろう。この神々の庭園の片隅に、神々の庭園のものらしからぬ、半壊した小屋があった。静岡県営仁田小屋であった。

仁田池から間道を通って、鳥小屋尾根の途中に出て、そこから、茶臼岳の山腹に出るまでの間、しばらくけもの道と平行して歩いた。カモシカの毛らしいものがやぶにからんでいた。けものの糞も見かけた。深い山へ入ったという感じだった。

茶臼小屋は横窪小屋より施設のととのった小屋であった。ストーブがよく燃えた。

管理が行きとどいているとみえて、小屋は傷んでいないし、なによりも、感心したのは、便所に落書がないことだった。横窪小屋の便所もそうだった。ここを訪れる登山者の質は上等なのだ。

だが、この南アルプスにも、そう遠くない将来に、必ず登山ブームがやって来るだろう。それは火を見るよりも明らかなことである。そうなった場合のことをいまから考えておかないと、あっという間に自然は亡びてしまうだろう。

夕食になるまでのひととき、私は外に出て、暮れゆく山を見詰めていた。

谷には紅葉と黄葉が攻め合うようにその妍姿《けんし》を競い、巓《みね》に眼を上げると巓を越えて来る山霧と、沢から吹き昇っていく沢霧とが攻め合っていた。おそらく、このような美しい景観は、きのうも、今日も、明日もつづくのだろう。短歌が頭に浮んだ。

谷見ればもみじ攻め合い、巓《みね》見れば
霧攻めあいつ今日も暮れゆく

四

この夜も、眠れなかった。美しい自然をあまりに多く見たことの興奮と過度の疲労のせいであった。夜中にけものの声を窓のすぐ下で聞いた。足音も聞いた。テンが残飯でも探しに来たのだろうか。ストーブが消えると、寒さが身にしみる。外の気温は、摂氏数度というところだろう。眼が冴えてくると小屋の前の清水の落ちる音まで聞える。眠れないままに、起き出して外へ出た。東の空が夜が明けるようにうす明るく見える。その明るさを背景に富士山が影絵のように見えた。懐中電灯で腕時計を見ると二時であった。夜が明ける時刻ではない。富士山の向うの明るさは、東京方面の電灯の光だったのである。

空を見上げると、星でいっぱいだった。星と星の間を、小さな星が一直線にゆっくりと走っていた。人工衛星である。

明け方になって、いくらか眠れた。眼を覚ました途端、今日中に下山しなければならないのだと思うと悲しい気持になった。

その朝、高曇りの空は無表情であった。小屋に別れを告げて出発したのが八時、去りがたい気持にかられて、もう一度、稜線との間の往復をやったので、予定より一時間ほど遅れてしまった。

登りはずっと雨だったから、見ることには恵まれなかったが、帰りは遠望がきいたから、しばしば立止っては、南アルプスとの別れを惜しんだ。九時半横窪小屋、きのう朝出発するとき菊田さんが掃除したままになっていた。十一時半、ウソッコ沢つり橋。登るときもここで昼食、下山のときもここで軽い昼食を摂った。茶臼小屋で炊いたまぜごはんのおにぎりがうまかった。滝が落ちている岩壁のひだに白菊の花が咲いていていた。

十二時半、やれやれ峠の展望台に立って畑薙湖を眺める。碧翠《へきすい》という文字が頭に浮んだ。碧も翠もみどりである。

ダム湖は濃いみどりに沈んで見えた。登るときには気がつかなかったが、モミジがその湖に枝をさしのべていた。

畑薙湖の大つり橋が、湖を二つに分けていた。その大つり橋のたもとに自動車が一台止っているのが見えた。

声をかぎりにヤッホーを掛けると、自動車の中から塩沢君が出て来るのが見えた。

こっちへ向って手を振っていた。

畑薙湖の大つり橋を渡り終ったところで、私は渋谷さんと菊田君に心からお礼をいった。

「ほんとうにすばらしい山行でした。ありがとう」

なに分、自分自身の感懐におぼれているような気持だった。

私たちを乗せた塩沢君のフォルクスワーゲンは、汗がかわかぬうちに温泉旅館に連れていってくれた。それは畑薙湖を眼の下に眺めながら湯につかることができるという景勝の地にあった。さっきまで山を歩いていて、いま湯につかるという幸福感は、どこでもここでも味わえるものではない。それに湯の肌ざわりのいいこと、アルカリ泉であろうか、非常になめらかであった。私は足のしこりをもみほどき、ゆびの爪をもんだ。

浴室の窓を開けると畑薙湖が眼の下に見える。

「ここはなんという旅館ですか」

と塩沢君に聞くと、

「もう何度もいったでしょう、赤石温泉ロッジというんですよ」

塩沢君は面倒臭そうにいった。

「赤石温泉ロッジだって、赤石山脈の麓だから赤石温泉っていうんですか。しかしそれにロッジという英語をなぜとってつけたようにつけねばならないのでしょうね。畑薙温泉じゃあいけないんですか、畑薙温泉碧翠館じゃあまずいんですかねえ……」

白樺荘といい、この赤石温泉ロッジといい、なぜこうも、とんちんかんな名前をつけたのだろうと思った。

「名前なんかどうだっていいんです。白樺荘は井川村の村営、この旅館は中部電力の経営、両者ともにふところが豊かだから、こまごましたことには気を配らないのでしょうね」

なるほどそういうものかと思いながら、廻れ右した途端につるりと滑って、呼吸もとまるほど腰から背中を強打した。菊田君が、そばに来て、「登山中も下山中も一度もころばなかったのにねえ」

と残念そうになぐさめてくれた。赤石温泉ロッジという名前が悪いと、ケチをつけたばちが当ったのだろうとあきらめて、湯から上って、下着を乾いたものに取りかえて、身支度を整えるとさっぱりした。のどがかわいてやり切れなかったが、塩沢君はしきりに先をいそぎたがる。自動車は、ダム湖を左側に見て一気に井川村本村へ走る。間もなく大西屋という割烹屋《かっぽうや》の前に止る。ご馳走が待っていた。

シイタケの琺瑯《ほうろう》鍋焼き、マイタケのバタいため、十三宝山菜煮（クリ、クルミ、クリタケ、シメジ、ワラビ、ゼンマイ、その他木の芽等十三種類の山菜を煮こんだもの）、イワナ、山芋――まだあったが、それ以上は覚えきれなかった。中でも、シイタケの琺瑯鍋焼きがうまかった。琺瑯鍋の底に小石を敷きつめ、味をつけたシイタケをその中でむし焼きにしたものである。香りが非常によい。おかわりをした。

「井川村だけで、シイタケの琺瑯鍋焼きを作る家が八軒ありますが、元祖はこの家で発明者は浅野安夫という板前さんだそうです」

と塩沢君が説明してくれた。

こんなうまい山菜料理を食ったことはない。それにビールのうまいこと。腹は減っていたし、のどはかわいていたし、ここで夜まで飲みつづけて寝てしまいたいといったら塩沢君が、「これからまだ大事な用事が残っているのです」

という。いったいその大事な用とはなんだと訊くと、

「静岡県知事が県庁であなたの下山するのを待っています」

どうも、さっき、ちょいちょい席をはずしていたと思ったら、静岡へ電話をかけて、知事さんとのインタビューの約束をしてしまったらしい。

竹山祐太郎静岡県知事とはひと月ほど前東京で会ったばかりであるといったら、

「今度のインタビューは南アルプスについて知事とあなたとの意見交換です。その対談記事をわが社の月刊誌に掲載したいと思いましてね」

と塩沢君はすました顔をしている。

この男、楽天家のように見えていて、なかなかどうして油断のならないご仁である。下山して来たその足で知事との対談はちと酷ではないか。静岡県人は本来どこか鷹揚《おうよう》である。新道を作って、尾根に名をつけないで置くのも、こまかいことにくよくよしないという静岡県人の、いうなれば長所であろう。その静岡にあなたのようにがめつい人はいない筈だがといったら、塩沢君は得たり応とばかりに、

「私の父はあなたと同じ長野県人です」という。

大井川鉄道の始発駅井川駅前で菊田君と渋谷さんを見送った。三日の山旅だった

が、こんなに楽しい山旅ができたのは二人のおかげである。私は何回もそのことを口にした。おそらく二人のことは一生忘れないだろう。

自動車が走り出すと、急に疲れが出た。この三日間私はほとんど眠っていないのである。自動車の中でいい気持で眠っていると、塩沢君に起された。自動車は富士見峠の見晴らし台にいた。富士山は雲にかくれて見えないが南アルプス方面はぼんやり見える。聖岳は、一段と大きいから、それだろうと推定されたけれど、肝心な上河内岳、茶臼岳がどれだか分らなかった。塩沢君はと見ると、山のことなら風に聞けというふうな顔で煙草をふかしていた。

地図を見ると、すぐ近くに大日峠がある。だいたいあっちだろうと見当をつけた。

井川村村長の森山さんが、

「私が静岡の中学へ行っていたころは、井川から静岡まで十六里の道を歩かねばなりませんでした。夏休みに村へ帰って来るとき、峠の上からわが村を見て泣き、そして、夏休みがすんで静岡へ帰るとき、峠で名残り惜しんで泣いたものでした」

数年前にバス道路ができてから静岡と井川村とは三時間半で接続された。そのときから井川村は秘境ではなくなったのだ。そして同時に、南アルプスの秘境性も失われていこうとする傾向になって来たのかもしれない。

竹山祐太郎静岡県知事は約束の時間より三十分もおくれて着いた私に対していささかも怒ったような顔を見せなかった。

「南アルプスはすばらしい山ですね、日本の山として純潔性を持った唯一の山脈、そういった表現は誇張でしょうか」

私は知事と会うとすぐこういった。

「讃《ほ》めて下さってありがとう。そういう山だから、なんとかして、その純潔を保つようにしたいと思っています」

「しかし、山のブームは、もうすぐ南アルプスにおしよせて来ますよ。おしよせて来てからではおそい。自然が、山靴に踏みつけられ、滅亡してからあわてても遅いのです。亡びた自然をもとにかえすことはできません」

「そのとおりです。政治も自然の保護も、先手先手を打つことがたいせつなことです」

「南アルプスに対して知事の抱負のようなものをお聞かせ願えないでしょうか」

「静岡県には静岡県山岳連盟という団体があります。この人たちの意見を聞いて、南アルプスに対するしっかりした対策を建てようと思っています」

それから話は南アルプスから北アルプス、北アルプスから八ヶ岳、そして、私の故郷の霧ヶ峰へと移っていった。竹山知事は農林省時代に、二百年間にわたって紛争をつづけていた霧ヶ峰入会権《いりあいけん》問題を解決した人であった。

「いや驚きました。知事はずいぶん山にくわしいんですね」

「くわしいということではないでしょう、日本人であるということが山に愛情を持つことでしょうね。私は日本民族の移動は山の尾根から尾根への移動によってなされたものだと思っています。これはもう私の信念のようなものです」

古代民族の移動説は川に沿って行ったという説、海路を舟で行ったという説、それから尾根伝いに移動して行ったという説がある。この第三番目の説を知事は、私の前で例を挙げて説明しようとしているのである。秘書がときどき顔を出した。いそがしい知事のことだ。予定があるのだろう。

私は知事との一時間近くの会見を終って、夜の静岡の町に出た。

「南アルプスもいいが、夜の静岡もいいですよ、これからそこへご案内しましょう」

という塩沢君の顔を見ながら私は確信をこめていった。

「静岡県には、観光都市、いや歓楽都市や、工業都市、産業都市がすこぶる多い。静岡県は日本一持てる国である。だがそのうちでもっとも誇るべきものは南アルプスを持っているということでしょう。あの雄大なる南アルプスの前には、他のすべての人工的なものは色あせた存在にすぎない」

県庁を出て、濠端《ほりばた》に立ったところで私は北の空に眼をやった。もう夜のとばりが降りていて、南アルプスの前衛の山々さえ見えなかったが、私は心の中で、この三日間見詰めつづけていた、紅葉と黄葉が攻め合っている、世にも稀なほど美しく雄大な南アルプスの姿を思い浮べていた。

（昭和四十三年『現代の駿河』十月四日号所載）

穂高銀座

豪雨のなかの上高地を、私たち四人（小生、H記者、Mカメラマン、猿田案内人）は雨合羽を着こんで出発した。上高地―明神池―徳沢園への道は、通称ロマンス道路といわれるほど、周囲を原生林にかこまれた平坦な散策道であって、例年の今ごろならば、ハイヒールをはいた女性をよく見かけるところだ。が、今年は雨のために道が川になったり、一部が決壊したりしていて、やむなく山の中を廻り道をしたり、仮設の丸木橋を渡ったりして、徳沢園に着くまでには、いい加減汗をかいた。

奥又白《おくまたしろ》の沢から朱色の濁水が流れ出して、梓川《あずさ》に入ると、梓川は半分が赤く染まって、しばらくは、赤と白の二条の縞《しま》模様をえがいて流れていく。案内者の猿田君は不安気な眼を奥又白の方へ投げて、上で大決壊があったのだといった。その奥又白の上部の前穂高連峰は雨に煙って見えなかった。

この大雨にもかかわらず、徳沢園の前の湧き清水の竜泉《りゅうせん》が一点のにごりもなく澄んでいるのが、むしろ異様に見えた。横尾小屋に行くと雨はいよいよ激しくなり、前の橋を渡ると、横尾本谷。急に山らしい荒々しさに一変する。

ところどころにある小さな沢は例外なく荒れていて、石の上を飛んだり、丸木橋を渡ったりするのはいいとして、この辺から、左側に見える屛風《びょうぶ》岩が霧にかくれているのは残念だった。天気さえよければ、この岩壁に垂直の散歩を試みる若者のパーティーが二つや三つは見えるはずで、登山道に腰をおろして、双眼鏡でこのロッククライミングを望見するのも、このコースの最大の見せ場であったが、雨となればいたし方がない。

横尾本谷の橋は春先のなだれで流され、逆巻く濁流にゆれるつり橋をおっかなびっくり渡り終ると、実はここで、きのう女性登山者が一人落ちたという話を聞かされた。

涸沢《からさわ》ヒュッテは、雨にやられて逃げこんだキャンパーや一般登山客で、かなりこんでいた。

ヒュッテのひとに聞くと、宿泊者は六十人で、例年の三分の一、涸沢ヒュッテのすぐ近くのテント場にも、例年ならば二百ほどのテントが張られる。今は六十あまり。だが、一張りのテントに平均五人いたとして、三百人、それに、涸沢の二つの小屋の人数を合わせると、四百人を越す人がここにいるのである。いかに例年より人が少ないといっても、登山のメッカの涸沢だけのことはある。

広い食堂の中央にストーブが燃えていて、宿泊者たちはそれぞれのテーブルにすわって夕食を摂っている。電灯（自家発電）はこうこうと輝き、山小屋の感じはない。雨に濡れて来た人たちが多いので、着がえして食堂に出るのだが、三分の一ぐらいが女性で、その女性の何人かがスカートをはいていた。

そういう女性はかなり山に馴れた人たちだそうだ。着がえするときには、まずスカートをはいてから、濡れたスラックスを脱ぐのだそうだ。登山者でごったがえしているせまい場所で、てっとり早く着がえする女性の知恵というものだろうか。

涸沢ヒュッテは、ナナカマドの白い花が咲いている小丘陵の上にあり、そのすぐそばに東京大学涸沢診療所がある。東京大学医学部の鉄門山岳会のＯＢが主体となってやっている診療所で、開設期間は七月十五日から八月二十日まで、今年は開設以来すでに数人の負傷者の手当をしている。

涸沢には、診療所のほかに、長野県遭難防止対策協議会南部地区常駐隊の本部がある。南部地区隊員の総数は十七人で、北穂高岳、槍ヶ岳、西穂高岳、奥穂高岳、岳沢等へ常駐隊員を置いている。

地元南安曇《みなみあづみ》郡出身の人たちで、平均年齢三十六歳、平均山歴年数十四年の山のベテランである。濃紺の服にストッキング、グリーンのチロルハットというなかなか粋な姿である。

翌朝は霧で、九時ごろになると晴れ間が見え始めた。小屋の人たちは幾日かぶりに見る青空だとなつかしそうに空を仰いでいた。天気予報は曇り時々雨であった。

涸沢からの一般登山ルートは二つある。一つは北穂高岳への登山路と、もう一つは奥穂高岳への登山路である。

私たちは北穂高岳を目ざして九時に出発した。北穂高岳へ向う登山者は二種類ある。滝谷の岩壁をめざすクライマーと、滝谷を覗きにいく登山者である。

北穂沢の取付点に立って、北穂のいただきを望むと、首が痛くなる。水に洗われた石ころ道を登っていくと、あたりはいよいよ明るくなっていき、突然ぽっかりと涸沢上空の雲が割れて、前穂高岳北尾根の連峰が見えた。新鮮な緑色につつまれた見事な山塊である。

第一峰、第二峰と眼を移していくと、その北尾根の稜線を歩いている人かげが見える。天候回復と同時に奥穂高岳へ向う人、前穂高岳の雪渓をつめていく行列、北穂高への登山者もかなりの数であった。

天気がよくなると、そのへんの高山植物の美しさに眼がひかれる。ピンク色の可憐な花をつけたイワカガミ、黄色い大輪の花を咲かせるシナノキンバイ、白い花の穂を立てて咲くコバイケイソウなどが、雪の消えたところに群れをなしている。きのうも高山植物はあったはずであるが、雨だと、それらを観賞しようという気も起らないし、話題にも出なかった。

きつい登りであるが、天気がよくなって来るとつらいことが一向に気にならない。眼をたのしませるものがあるからである。奥穂高岳のいただきの雲が消えないことと、上層は巻層雲が頑張っているのが気にかかることではあるが、常念岳も、蝶ヶ岳も、蝶ヶ岳の小屋まで見えるほど視界がひろがっていくと、なにか大声で叫びたいような気持にもなる。

この晴れ間はたった二時間で終った。私たちが南稜の鎖場にかかったころ、強風が吹いて来た。つめたいものがばらばらと手にふれた。上空はまたたく間に雲におおわれ、まもなくガスに包まれそうな重苦しい感じになった。

南稜の急斜面を登り切ったところで、北穂沢の雪渓の頭を横切らねばならない。ここで足を滑らせたら、雪渓上を涸沢まで滑落していく。助かりっこはない。気にしていた場所だったが、北穂高岳常駐隊員の手によって、雪渓上に完全な道がつけられていた。

北穂高岳にもう五分というところで私たちは猛烈な雨に襲われた。雨具をつける間もないほどのはげしい降りようだった。

天気さえよかったらと、北穂小屋の人たちはいってくれる。天気がよければ、ここからは槍ヶ岳がよく見える。眺望にかけては、穂高連峰中随一であろう。それにここには滝谷がある。この小屋のすぐ下が滝谷なのである。小屋の西はずれに、滝谷クラック尾根の登攀終了点がある。そこに立って眺めると、霧の中に黒い岩壁の横顔が見える。

崩壊に崩壊をつづけていく、岩壁の陰惨な相貌が霧の中で歯をむき出していた。頂上からちょっと下ったところに松濤岩《まつなみ》というとがった岩がある。岩壁に挑む男たちは、ここから岩壁の取付点へ向って降りていくのである。ここに立つと、岐阜県側から強風が吹上げて来る。死の谷を覗く感じだった。ここを降りて行ったまま生きて帰らなかった人が何人いたことだろうか。とても長く立ってはおられないところである。

北穂高岳頂上からちょっとさがったところに、ケルンがあった。表札ほどの大きさの銅板が石に埋めこまれてあった。「独り寂しく逝《い》ったお前をなぐさめる術はない。せめて、お前のよき仲間であることを希《ねが》う」と書いてある。碑は雨に濡れていた。

ケルンから頂上にもどると、小屋の田中君が北穂高岳頂上には一カ所秘密の場所があるが、お眼にかけましょうかというので、田中君のあとについて、ずい分あぶなっかしい岩場を降りていった。岩陰に、板がこいをした三〇センチ角ぐらいの広さのコマクサの畑があった。ニンジンの葉によく似たコマクサが二株あって、その一株は立派なツボミをたくわえていた。小屋の主人の小山義治さんが、常念岳のコマクサのタネを拾って来て、播《ま》きつけたのだそうだ。このコマクサがふえたら、北穂高岳にも名所がひとつふえるわけだが、このコマクサの存在を、心ない登山者たちに発見されないようにと、田中君は石をひっくりかえして、私たちの足跡を消していた。

この小屋には電話がある。東京へ申込むと三十分で出た。夜になると発電機を廻して電灯もつく。予備のための石油ランプが壁にかかっているのがなつかしい。

夜になると雨はいよいよ激しくなって、屋根をうつ雨の音で眠れない。しめっぽいふとんにくるまって、天気がいいと、槍ヶ岳がよく見えるという窓の方に頭を向けて、うとうとしていると夜が明けた。

きのうにも増してはげしい雨だった。

常駐隊の人たちが、この小屋に泊った三人の男たちに、槍ヶ岳への縦走路は危険だからやめるように説得していた。稜線は風も強いし、それにこの激しい雨である。滑ったらあの世行きである。三人はなかなかいうことを聞かなかったが、結局は常駐隊に説得されて涸沢へ降りていった。三人とも初めてこの山を訪れた登山者だった。

十時ごろになって、涸沢の常駐隊本部から、「横尾本谷の橋が危険になったので人止めをした」という情報があった。十一時になって、徳沢園の近くで登山者が一名、梓川にのまれたという情報と、上高地線で幾カ所か土砂崩れがおきて、全路線不通になったことが知らされた。私たちの帰途は、二重三重に遮断されたのである。しかしまだ雨は音を立てて降っている。北穂から上高地までの電話は不通ではないから、当分東京へは帰れないむねを知らせようとしたが、電話が混んでいて通じない。十四時ごろ、九人の高校生をつれた先生が槍から縦走して来た。よく無事で来られたものだと思った。小屋の宿泊人数は合計十七人になった。

北穂小屋の使い水は、もっぱら天水にたよっている。小屋のまわりには、天水をためるドラムかんがいくつか並んでいる。連日の雨でどの貯水かんもいっぱいである。

小屋の相河君が、水が豊富だから風呂をたてましょう、といってくれた。従業員用の風呂で、大雨が降ったとき以外はたてないのだそうだ。三〇〇〇メートルの風呂はまた格別だった。

風呂にあたたまって部屋へ戻ってくると、河川のはんらん、道路決壊の新しいニュースが入っていた。こうなったら晴れて、水が引くまで待つ以外にない。そう心が決ると、いすわったような妙な気持になった。

夕食には常駐隊の人たちも集まって、雨の音を聞きながらかんビールをあけた。

常駐隊の人たちに本場の安曇節を聞かせてもらった。夕食のあと山の話になると、なかなか話はつきそうもない。

九時消灯。雨はいっこう止みそうもない。戻り梅雨は本格的なものになったらしい。例年のいまごろならば上高地―涸沢―北穂高岳と、登山者の列がつづくほどのにぎわいを見せるこの山も、雨にたたられて、登山路が閉鎖されたらどうにもならぬ。いつになったら東京へ帰れることやら、私はふとんの中で観念の眼をつぶった。

夜半に風が出た。朝は深い霧だったが時間がたつに従って霧は薄くなり、十二時ごろになって、霧の切れ目から槍ヶ岳の頂上が見えた。前穂高岳、奥穂高岳と姿を現わして来ると、見る見る視界はひらけていく。

押寄せて来る霧も頂上まではとどかず、潮の引くようにずっと下方で雲海となって安定すると、穂高連峰は青空の下にくっきりと浮出し、立山連峰、後立山連峰もはっきり見えるほどの天気になった。

天気回復と見て、続々登山者もやって来る。そのころ、常駐隊に悲報がもたらされた。横尾本谷で高校生が仮設の橋から落ちて行方不明となった。北穂高の常駐隊員は応援のため山を降りていった。

この晴天は、小屋の人に聞くと十日ぶりのことだった。空にはまだ巻積雲があって、本復した天気とはいえないけれど、充分に水を吸いこんだ山々の緑は美しい。北穂高岳から稜線に眼をやると、大天井岳から槍ヶ岳に向う東鎌尾根、槍ヶ岳から南岳を経て北穂高岳への縦走路がはっきり見える。

滝谷の方へ眼を向けると、岩壁の崩壊の荒々しい光景と、足元が寒くなるほどの高度感に胸がひきしめられる。

登って来る人たちはクライマーが多い。明日の登攀のための偵察が多かったが、その中の一組が、これから第一尾根に登るのだといって、岩場の取付点へ降りていった。私たちは、その三人組の登攀者たちのクライマーぶりを拝見するために、槍ヶ岳への縦走路を滝谷展望台まで降りていって、三時間あまりをかけて、三人の登攀者の腕前をゆっくり観察した。死の谷といわれる滝谷にも、岩のひだには草が生えているし、鳥もかよわぬ滝谷というけれど、イワヒバリが幾羽もさえずっていた。風化と崩壊のかぎりをつくした滝谷も、日が西に廻って来ると、暗い表情は消えて、新しい崩壊の白い岩面と、古い崩壊の灰色の岩面のコントラストが、なにか化粧くずれした女の顔を見るようだった。

滝谷を吹上げる上昇気流に乗って、タカが姿を見せると、ヒバリの声は消えた。

三人の登攀者は、口笛を吹いたり、鼻歌をうたったり、岩棚で、はだかで日向ぼっこしたりしていたが、そのうち登攀の速度をあげると、ほとんど垂直にも見える岩壁を簡単によじ登ってしまった。見ているかぎりいささかの危険感も切迫感もなかった。

白と赤の二本のザイルにつながった三人は、見えない力に牽《ひ》かれながら、あれよあれよというちに登攀終了点に立ってしまったという風に見えた。

夕刻になると、去来をくりかえしていた山霧は消えさり、陽が笠ヶ岳の向うの雲海に沈むころは、穂高連峰の峰々は夕焼けで一度に赤く輝いた。

この夕景を見に、おれは山へ来るのだと、小屋へ泊っている登山者がいった。同感である。

この一瞬の美しさを見るために、私たちもここへ来たのかも知れない。涸沢はもう夜が来たように暗い。

昭和四十年七月二十四日三一〇〇メートルの北穂小屋にて

（昭和四十年『週刊朝日』八月十三日号所載）

正月の奥多摩

私は正月の休みには山へ行くことにしている。その時の楽しみを頭にえがいて、十一月、十二月の原稿に追われて新年を迎える。山へ行くといっても私には本格的な山は年齢的に無理だから、山へ近づく程度で満足している。その山へ近づくプランもこのごろ段々むずかしくなって来た。往復の日程がどうしても明けられないのである。自然、足は近くの山へ向けられる。

私が奥多摩を愛するようになったのは以上のような理由からである。

正月の三日に私は庄司君と立川で落ち合った。晴着姿の女性たちのたもとにでもルックザックが当りはしないかとはらはらしながら氷川《ひかわ》行きの電車に乗り込んだ。

私がなぜ、小学生の作文のように乗車駅から書き出したかというと、実は、この電車の席に腰掛けた時の気持を書きたかったからである。いつでもそうだが、無理な仕事に追い詰められながら、余暇を見出して旅行に出て、ほっとするような解放感を味わう瞬間は、目的地に向う乗物に乗った時である。それはなんともいえない、いい気持だった。今日一日は小説のことも、家のこともなにもかも考えないで山を歩けるのだと思うと大声で叫びたいような気持になる。

山へ行く楽しみは山の中を一人で歩いている時だとか、山の頂上に立った時だとかいう人があるけれど、私自身は、目的地行きの電車に腰を降ろした瞬間の解放感がなにものにも比較すべくもなく楽しいのである。

解放感が私を眠くした。庄司君に起されて、御岳《みたけ》駅で降り、ケーブルカーまでのバスの中ではつり革にぶらさがって、ぼんやり外を見ていた。

ケーブルカーの中は地元の人が多く、山登りの服装の人はほんの二、三人しかいなかった。酔っぱらいがいて、ケーブルカーの中で演説をやった。相当の弁舌家であり、おそらく今度の地方選挙には誰かの応援演説に参加した人だろうと思った。こういう場面に出会わすのも旅行のおかげだと、いい気になって酔っぱらいの顔を見ていたら、その男の赤い眼につかまった。まずいなと思った。なにかいわれるなと思ったとおり、男は人ごみをかき分けて来て私の前に立った。私は覚悟をした。なにをいわれても下手に出るつもりでいた。

「中沢さん、しばらくでした」
と酔っぱらいは私にいった。そして私が、中沢ではないという余裕も与えずに、あの時はまことに失礼をいたしましたと謝るのである。謝られている間にケーブルカーが頂上に着いた。私は脱兎のように飛び出した。一汗かいていた。

御岳神社には、何回か来ている。来る度に不愉快に感ずるのは、神社の石段にかかる直前の土産物売場である。土産物売場が存在することについて不愉快を感ずるのではなく、土産物売場からばらまかれる音響に不愉快を感ずるのである。

奥多摩は小鳥の山である。この辺まで来ると小鳥の声が聞えるはずなのに遠くから流れて来る流行歌やジャズに山のムードがぶちこわされることは、はなはだ迷惑なことである。なんとかならないものだろうか。

出発がおくれたので、神社に着いた時には、御岳神社の祭事は終っていた。農事の吉凶をシカの骨で占う古式豊かな祭事に間に合わなかったことは残念であった。

祭事の行われた太占斎場《ふとまのさいじょう》は老杉にかこまれたまま静かに私たちを待っていた。四角な石の中に丸くくりぬいた炉に金網がかかっていた。こまかく割ったヒノキの薪が傍に置いてある。どこかにまだ煙のにおいがしていた。

「この炉でシカのけんこう骨を焼いて、ひびの入り方で、その年の農事の吉凶を占うのです」

庄司君が説明してくれた。炉にすわって、金網に手をあてると、すでに金網は冷え切っていた。もの悲しさが私の胸を衝《つ》いた。シカの骨を焼いて吉凶を占うという祭事に対しての感傷ではなく、ここにこうしてすわっていることが、私の気持をたまらなく滅入らせた。

「そろそろ出発しようか」

私は腕時計を見た。十四時近くになっていた。私たちは大岳《おおだけ》山を通って氷川に出る縦走を予定していた。急がないと日が暮れる。立上るとき斎場の周囲に張られた縄にはさんであるご幣が頬に触れて乾いた音を立てた。

御礼の売場で白衣を着ている若い人に庄司君が、今年はどうですかと聞いた。

「骨が割れないから今年は豊作ですよ」

若い人は確信あるような顔つきでいった。私はその人の横顔を見詰めたまま黙っていた。おそらく何百年も前から、正月の三日にはここで占う吉凶判断に農家の人が集まって来て、この結果を聞いて帰るのだろう。

私も、ケーブルカーから、神社まで来る途中で、付近の農家の人らしい古老に幾人か会った。額に刻まれた労苦の一本一本が年輪のように見えた。

「農事の吉凶だけしか分りませんか」

私の質問に神社の人は妙な顔をした。

「農事以外の、たとえば、筆運にもその占いは通ずるでしょうか」

私がいった筆運という発音が聞きにくかったらしく、彼は一瞬とまどった顔をした。

「それは筆運にも通じますよ」

庄司君が笑いながらいった。良い天気なのに、この辺は太陽の光線が全然洩れていない。暗く、つめたい、乾いた神の森だった。

だがこの暗さは、神社の石の階段を降りて、大岳山縦走路に一歩踏みこめば、たちまち明るい冬の山と変る。ここにはもう老杉はなく、明るい雑木林が延々と続いている。

起伏の多い道は、明るい林から突然暗い裏山に誘う。日かげには雪があって、寒さが肌にしみる。

私はこの道を歩いていて、故郷を想い出した。私の故郷の諏訪地方の初冬の山の感じがちょうどこのとおりだった。

沢の小川の傍で、固形燃料で湯を沸かして、遅い昼食を摂った。ここは日かげになっているせいか、ひどく寒かった。休んでいると、こんにちはと声を掛けて幾組かの人が通っていった。御岳へ向う人が多く、私たちのように氷川に向う人はまれであった。パーティーを組んで歩いている人よりも一人で歩いている人が意外に多かった。正月に一人で山へ来るような人はよほど山の好きな人か孤独の人のような気がした。単独行の人はこちらから声をかけないかぎり黙って行き過ぎる人が多かった。声をかけると、横を向いていかにも面倒くさそうな態度で返事をする人もあった。

沢で休んでいる時、若い男女が私たちの直ぐ傍を声をかけて通っていった。女は赤い色のウィンドヤッケを着てルックザックを背負っていたけれど、男の方は特に山歩きらしい服装はしていなかった。ただ運動靴をはいているのが、山へ来たことのいいわけのようだった。

私たちはそろそろ時間が大事になった。あまり道草を食っていると途中で日が暮れる。私たちは大岳山に向ってピッチを上げた。大岳山の手前に大岳神社があり、そこに都営小屋の廃墟があった。窓は破れ、戸は飛散し、ひどい惨状だったが、今だに小屋の形だけはしていた。

戦後この小屋に住みついた男がいたが、その男がいなくなってからは小屋は荒れ放題になったそうだ。

どこの山にもこういう例はある。新しい小屋がどんどん増えていく一方、無人小屋も増えていくのである。この小屋はいつかは灰になるだろう。無人小屋のいきつく運命はたいていそうである。

私は富士山と向き合ったまま、大岳山の頂上に立ち尽していた。十六時十分、富士の雪肌に夕日が反射していた。遠い距離の富士山が手近に見えた。雪肌というよりも、叩けばかんかん音のするような氷盤を思わせる色だった。幾人かの登山者が富士山を見ていた。

「スキーヤーの姿が見えるようだ」

と誰かがいった。それほど、夕日の反射光線は富士山を近くに見せていた。

「日本画調だね」

といった男がいた。ふりかえると私たちが沢で昼食をしていた時追い越していった運動靴の男であった。沢で追い越されて、大岳神社のあたりで追い抜き、またここで会ったのである。

運動靴の男は日本画調ということばがひどく気に入ったらしく、赤いウィンドヤッケの女に、なんども同じ言葉をくりかえしていた。女はだまってうなずいているばかりで、ほとんど感情を顔に表わさない。夕日の一矢が女の顔をよこぎると、女の細い眼が異常に輝くのが見えた。

日本画調という形容はこの場の景色と全くかけ離れてはいなかった。夜のかまえとともに落ちつきかけて、広い靄《もや》の層が見渡すかぎりの世界を平面的に沈め、靄の上に山々を浮ばせていた。靄の上に浮く山の景色は日本画的といいえないこともなかったが、見た感じと肌に受ける感じとは隔たりがあった。風はつめたく乾燥していた。落ちついて、景色を眺めているには努力を要した。雲取山、大菩薩嶺、三ツ峰山、丹沢の山々が煙霧の上に頭を出していた。

頂上にいた登山者たちは一人、二人と姿を消して、あとは私たち二人と途中で顔見知りになった二人の男女だけになった。

「急がないとノコギリの頂上あたりで暗くなる」

庄司君が私をせき立ててから、運動靴の男に、氷川までですかと行先を聞いた。

「僕等はゆっくり行きますよ、夜になってから山を降ります」

運動靴の男は意外な返事をしてから、私はこのコースをもう五、六度歩いていますと註釈をつけて、ねえと女に同意を求めた。女はうなずきもしなかった。

天気もよかったし、雪もたいしたことはないが、やはり、ここは山だった。日が暮れて、道でも迷ったら、ひどい眼に会うだろうと思ったが、私たちはこの二人に急ぐように特にすすめもしなかった。

山に行くと妙に他人に世話を焼きたがる人に出会うことがある。聞きもしないのに、あのコースは荒れているとか、このコースは長くて退屈だとか教えてくれる人種である。時によってはこういうPR派に会うことは便利なこともあるが、どちらかといえばうるさい方が多い。逆に聞いても答えない沈黙派もいる。

私はどちらの派にも属したくはない。他人に世話を焼きたくないし、他人から世話を焼かれたくもない。私たちは彼等に手を振って先行した。

「夜になって山を降りるってどういう意味だろう」

二人に別れてから私は直ぐ庄司君にいった。無関心を装っていて無関心ではおられなかったのである。

「変だな確かに。急がないと途中で日が暮れる時間だ」

庄司君は背後をふりかえって、

「山にはいろいろの人が来ますからね」

「いろいろの人……」

私はその言葉を頭の中に浮べながら稜線を走るように下っていた。降りれば登り、登ればまた下りの起伏が続いていた。全体として下降の方向に道は走っている。

鋸《のこぎり》山直下の縦走路分岐点に来たところで庄司君がいった。

「時間的に鋸尾根は無理だから、左の沢道を降りましょう」

彼は私の汗ばんだ顔を見ながらいった。私の疲労に同情している顔だった。その彼の眼付が私には気に入らなかった。同情されたくもないし、また同情される年齢ではないといいたかった。

「懐中電灯はあるだろう」

「勿論《もちろん》、山へ来る時はいつだって懐中電灯は持っている」

「それなら完全縦走をやろうじゃあないか」

多少無理かなと思ったが、この時はむしょうにその無理がしたかった。庄司君は困ったような顔をしたが、結局なにもいわずに先に立った。

鋸山の頂上で紫色に遠のいていく富士山を見た。日没の瞬間はすぐそこまで来ていた。ヤッホーの声が聞えた。見ると縦走路の分岐点に向って降りて来るあの二人の姿が見えた。夜になってから下るといったが、それは嘘で、彼等はやはり夜をおそれ、ピッチを上げているなと思った。間もなく、彼らのヤッホーが鋸山の下から聞えた。声の方向から彼等も沢道へは降りずに、鋸尾根を目ざして登ってくるらしかった。

ヤッホーをかけ合いながら私たちのパーティーは暗い松林の中を急いでいた。ほとんど走っているような速さだった。時々立止って声をかけると、彼等のヤッホーはずっと遠のいていた。私たちに追いつこうとして追いつけないのだと思うと、少々得意な気がしないでもなかった。

木を荒縄でくくって作った梯子《はしご》場に来ると完全に日が暮れた。星は出ていたが、木のしげみの中では懐中電灯をたよりにする以外に方法はなかった。二人の歩速は急におとろえた。いやな場所を過ぎてからうしろから来る二人にヤッホーをかけた。ひょっとするとあの二人は懐中電灯を持っていないかも知れない。そうだとすればおそらく動きが取れないでいるだろうと思った。返事はなかった。いくら呼んでも山はしいんと静まりかえっていた。

「どうしよう。引き返してみようか」

私は庄司君にいった。彼もこのことが心配らしく、しきりに背後を気にしていたが、結局私たちはそのまま先に進んだ。眼下に氷川の灯の海が見えた。左手に谷をへだてて、小河内《おごうち》ダムの青白い照明が見える。美しいという色ではなく、無気味な色だった。

愛宕山《あたごやま》がこの縦走路の最後の山だった。頂上の神社の裏から広場に出て、長くて急傾斜な石段を懐中電灯をたよりに一段一段と降りる。森を抜け出ると、突然本仁《ほに》田《た》山が私の頭を押えつけるように、前に聳《そび》えていた。大岳山の頂上で見たときは、ずっと遠くに低く見えていた本仁田山が、眼の前ににゅっと現われたのはいささか意外な感じだった。縦走路の終端に着いたのである。

私たちは星をいただきながら駅へ向って歩いていった。昭和橋で立止って上流を見ると金星がびっくりするほどの大きさで輝いていた。

「どうしたのだろうなあの二人……」

庄司君がいった。私も二人のことが気になっていた。ヤッホーが聞えなくなった時引き返してやればよかったという後悔の念が、縦走を終った満足感の中に、しこりとなって残っていた。

翌朝私は三種類の朝刊を買った。その日の夕刊も、そのまた翌朝の新聞のいくつかにも私はこまかく眼を通した。

奥多摩遭難などという記事は一行も書いてなかった。


（昭和三十六年『旅』四月号所載）

ある山友達

山の好きな人たちとは、心易くつき合える。山という共通な趣味をとおしての親近感もあるが、そのほかに、なにかわけの分らないものが、お互いに引き合うものらしい。

小佐田君は私より十七歳も若い、ある官庁の山岳部に籍を置く優秀なリーダーの一人である。彼は登山技術にすぐれているばかりでなく、人格的にも、よく出来た人で、めったに怒った顔を見せたことがない。

小佐田君をモデルにして小説を書こうと思ったのはずっと前からである。小佐田君の山男としての持ち味と、彼の経歴が私の興味をひいた。

彼は元海軍士官、パイロットであった。神風特攻機に乗って玉砕寸前に終戦になった。こういう経歴ではあるが、彼は少しも軍人上りらしくなく、大変なはにかみ屋で、女の人の前に出ると口もきけないような、近頃めずらしい独身の青年である。

しかし小佐田君が一度山に向うと全然別な人間になるらしい。彼と一緒に、パーティーを組んだ人は一様に彼の勇敢さをほめている。

小佐田君が恋に破れたのは一昨年である。その後の彼の登山行は、少々無謀に近い行動であった。一月に単独で谷川登山をくわだてたり、二月に一人で北岳に登ったりした。しかし彼は危険な寸前で自分の心を取戻して、無事帰って来た。

彼は酔うとよく彼女のことを語った。思い出の中に出て来る彼女は非常に美しい女であったらしいが、私は会っていないから知らない。私はただ、官庁の安月給取りであるからという理由で、小佐田君のような好青年を捨てた女を憎悪した。同情が私と小佐田君とをずっと接近させた。

小説を書く前に、これはものになるぞという直感がある。この場合もそういう直感があった。美しい女だけれど、結婚となると別問題、金持ちの息子で、大名登山ができて、高級ホテルへ一週間も泊り込んでスキーを楽しめるような階層の男を選んだ女——こういう話は小説の種としてはごくありふれたものであり、あまりいい種ではない。私がいけるな、と思ったのは、小佐田君を捨てた女より小佐田君自身であった。小佐田君を完全に摑《つか》めば小説はでき上る。そういう気持で、彼を眺めると、彼はまた別の意味でのすばらしい男に見えた。

昨年八月末、私は彼と二人で谷川岳へでかけて行った。勿論彼が案内役である。彼に、なにからなにまで準備をととのえて貰ってから、土合《どあい》の山の家へ電報を打った。

うとうとしていると、汽車が通って眼がさめる。また眠りかけると汽車が通る。夜半を過ぎると、夜明けとともに登山しようという登山者が、山の家の窓の下のベンチでわあわあいっているのが気になって眠れない。結局一睡もせずに夜が明けた。

私の目的は沢のぞきであった。西黒沢、マチガ沢、一ノ倉沢、幽ノ沢、芝倉沢と、旧道に沿って各沢を拝見しようというのが、最初からの目的であった。たっぷり一日間の仕事であり、なかなか興味のある、山歩きであった。

だが一ノ倉沢に入りこんだ時から、案内役の小佐田君の態度が違っていた。

「南稜テラスまで行きましょう。折角ここまで来たのだから、谷川岳の岩壁に触れて帰りましょう」

小佐田君はそういって私を岩壁に誘った。岩登りの準備もないのにそれは無理だろうというと、小佐田君はザックの中から、ザイル、ハーケン、カラビナなどの登攀用の七ツ道具を出してにやにや笑っている。

どうも最初から私を岩壁に誘うつもりであったらしい。

私は山は好きだが、登山家ではない。危険な岩登りなどやったこともないし、しようとも思わない。そういう年齢はとっくに過ぎている。

「大丈夫ですよ、いざとなったら私が引張り上げますから」

小佐田君は三十歳、私は四十七歳、十七歳の差をザイルで引張るのはいいが、私の体重十七貫は米一俵よりも重い。

「だめだよ、約束が違うじゃあないか」

「ではそこまで、ヒョングリの滝の上部まで行きましょう」

私は小佐田君の後について、沢を遡行していった。雪渓がぽっかり口を開いて滝の奔流が飛沫を上げていた。その辺までは、谷川見物のハイカーたちが見えていたが、滝から上部に登るものはない。

ここから上が、岩登りをする人の場であった。

ヒョングリの滝を足下にして、右側の岩壁をトラバースしていながら、これは大変なことをやりかけているぞと思った。

現在この場で、一歩を誤れば、ホールドを一つミスすれば、眼下の滝壷に落ちこむことは間違いない。場合によっては死ぬかも知れない。

そんなことを考えながらもどうやら、一番危険なトラバースを終った。今度は滝を越えて左側の岩壁をトラバースするのである。

それほどむずかしいとも危険とも考えられないが、一息入れている私の顔に吹きつけて来る冷たい、微細な滝の飛沫は私の前進を躊躇《ちゆうちよ》させた。

私は滝の飛沫に濡れながら眼前にそそり立つ谷川岳の偉容を仰いでいた。

「どうしたんです、さあ登りましょう」

そういう小佐田君に私は黙って首を振った。ヒョングリの滝は越えられる。しかし、それから岩場がずっと続いている。南稜テラスまで行っていけないことはないだろう——しかし、そこまで行けば、小佐田君は更にその先を誘うかもしれない。

私自身がそんな気持にならないとも限らない。

「引き返そう」

と私はいった。

「引き返すんですか。ここを越えれば、ただ歩くだけですよ」

しかし私は帰るといってきかなかった。

向う岸にいた小佐田君は滝を渡って、こっちへ来て、

「ザイルを使いましょうか」

といってザックからザイルを出した。私がこわがっていると見たのだろう。事実、気持のいいところではない。明らかに危険な場所だったが、私が行動を停止したのは、私自身、それ以上の岩場へ臨む資格がないと考えたからである。

だが小佐田君は、私のためらっているのを、恐怖と見たのか、ザイルを出して一端を渡した。

「ザイルを組みましょう」

「いや僕はやめる。南稜テラスまで行きたいなら君一人で行けばいい、僕は行かない」

私がこういうと小佐田君の顔は急に引締った。蒼白な顔だった。彼はさっさとザイルをザックにしまうと、滝を降りて行った。

小佐田君は簡単に降りたが、私には登って来た以上に、岩面のトラバースは危険に思われた。どうやら河原に降りるには降りたが、肝の冷える思いだった。

しばらくはなにをいっても小佐田君は返事をしなかった。途中で岩登りを中止したのが、よほど腹にこたえたとみえる。

しようがないから私はザックから双眼鏡を出して、一ノ倉の岩壁を覗いていた。

「二人でもパーティーはパーティーでしょう、そうは思いませんか」

小佐田君がいった。

「勿論、そうだ。僕等の場合は小佐田君がリーダーで僕が未熟なる隊員……」

私は半分冗談のつもりでいったのだが、小佐田君はひどくまじめな顔をして、

「僕は、こんな不愉快な思いをしたのは、今度で二度目です」

「パーティーを組めば一心同体、たいていのことなら、うまく気が合うのが当り前だが、今日のように初めから、一人は登る、一人は降りるじゃあ、話にもならない。こういうパーティーなんかないし、こういう山行もないでしょう」

私は小佐田君がこんな激したことばを使ったのに会ったことがない。いつもの温顔は消えて、がみがみがつがつ、山のおきてをぶちまくる小佐田君は全然他人のように見えた。

「もう一度不愉快なことがあったといいましたね」

小佐田君にいわせるだけいわしておいた後で、私は質問した。

「そうです。あの時もこうでした。僕が登るというのにあの人は……」

小佐田君はそこで言葉をぷつんと切って後をつづけなかった。

あの人というのは私には女性に思えた。あの人といった時、小佐田君の顔に淋しそうなかげが浮んだのを見て、とっさに私は小佐田君のいうあの人が、彼を捨てた女のことをいっているのだろうと思った。

「それはねえ、小佐田君、人間だもの、ぴったりうまが合う場合もあるし、そうでない場合もあるだろう。特に相手が女だった場合なんか、随分気を使わなければならないと思うな。女は一度こわがり出すと、始末がおえなくなるし、調子づけば、男以上の果敢な行動を取ることもある」

私は小佐田君のいったあの人というのが女であり、小佐田君があの女《ひと》と岩登りをやるやらないで、喧嘩でもしでかしたのだろうと思っていた。

「あの人はね、その場になって、僕とザイルを組むのをことわったんです」

「あの人というのは君のかつての恋人のことなんだろう。つまり、その時から君との間がうまくいかなくなったというわけなんだな」

それには答えず、小佐田君は一人で河原をぶらぶら歩き始めた。

小佐田君が、どこの山で、どういう理由で彼女とそうなったかは知らない。あとは想像をたくましくするだけだけれども、考えられるひとつのことは、小佐田君が、僕にやったと同じような強引さであの人を誘ったのではないかということである。だが小佐田君が、いやがる彼女を強引に誘ったらどういうことになったであろうか。

私は河原にひっくり返って谷川岳に双眼鏡を向けた。首が痛くなるほどの高度感、垂直に近い岩壁、岩壁に固着する松の緑、何時間見ていても飽きない景観であった。私はただ見ているだけではおしくなって、ノートを出して文章でスケッチした。

「灰褐色の岩壁に緑の配色がされている。露出された岩壁と複雑な岩の割れ目が、全体的に山の偉容を明瞭に印象づける。だがこの一ノ倉のもっともすばらしい迫力はほとんど垂直にも見える立体感であろう。

岩壁の間をからまり落ちている二本の白い滝が見える。滝だと教えられると滝に見える、岩にひっかかった二条の木綿糸の白さであった。

頂上付近の霧は固着して動かない。頂上からずっと高い青空を片積雲が動いていく。雲の動きから見ると上空は西風だ。天気は続くだろう」

私はノートを閉じて小佐田君に幽ノ沢へ行こうじゃあないかといった。小佐田君は深くうなずいて立上ったが、彼の顔から暗い翳《かげ》は消えてはいなかった。

（昭和三十四年）

ぬる湯温泉

福島駅からバスに乗って、高湯《たかゆ》で下車し、硫黄のぷんぷん匂う小川を一つ越して、山道に入ってからは人っ子一人もいない。眼の覚めるような新緑の中を沢を渡り、尾根を越えて、一時間も歩いて、ブナ林の中に踏み込んだ時、突然、木の蔭から大きな男が現われて、道をさえぎった。

鋭い眼で、私の全身をじろりとにらんで無言である。背後にも足音がしたので振向くと、そこに一人、この男は右手を腰のあたりにかけていた。

「何処《どこ》へ行かれますか」

私の前に立った男の声は案外丁寧だった。

「ぬる湯です」

「そうですか、気をつけて行って下さいよ」

どうやら私服の刑事らしかった。後で聞いたことだが、前々日の夜、高湯の温泉宿に強盗が出て、山の中へ逃げこんだということであった。食糧を持っていないから、そろそろ里に出るころだと見張りをしていたものらしい。

その時はちょっと驚いたが、別に気にもかけずに、そのままぬる湯に向って登っていった。

新緑は一様な萌黄色ではなく、ところどころに、淡紅色の斑点があった。それはあたかも紅葉しかかった初秋の山のような感じだった。

沢や尾根を横切る長い道がやがて、一本の山道に合した。そこからは傾斜がずっと急であった。

全く突然、前が開けて、菜の花が見えた。ほんの一〇坪ばかりの菜畑のとなりにかやぶき屋根が見えた。そこがぬる湯であった。山峡に置かれた旅館で、視界は山にさえぎられていた。

ぬる湯というのはそのものずばりのぬる湯であり、あつ湯の好きな私には苦手であった。途中通過した高湯や玉子湯には、前年泊ったことがあるが、ぴりぴりするようなあつい湯である。高湯とは場所の高度が高いのではなく、温度が高いのでそういうのだろうと、ぬる湯に入りながら高湯のことを考えていた。高湯に比較して、そこからせいぜい歩いて二時間足らずのところにある、このぬる湯の温泉はあまりにもぬる過ぎた。

地方の人らしいお年寄りが数人入浴していた。腰のものをつけている人もいた。湯につかったまま死んだような表情をしていた。おしゃべりもしないし、みゆるぎもしなかった。十分も入っていたが、とうとう私はそのぬるさに我慢できなくなって部屋に引揚げた。宿の主人は二階堂さんという人で、なかなかもの知りであった。ぬる湯は二階堂さんのご先祖が開いたものであったが、幕末の会津戦争のとばっちりを受けて、官軍の雑兵《ぞうひょう》共が入りこみ、焼く必要もないこの山の温泉宿に火をかけたのだそうだ。

山峡に燃え上る炎を見詰めながら、二階堂さんの祖父は涙を流したそうである。

食事の後で、二階堂さんとぬる湯問答をやった。

「体温以下の湯につかっていても、身体の熱を奪われるだけで、身体があたたまる筈がない。長湯をすればするほど毒である」

私は率直にこれをいった。それに対して、二階堂さんの意見は、ぬる湯は化学成分に富んでいて、それらの薬物が皮膚より浸透して、身体に効くのだという。分析した結果について、非常にくわしく知っておられるので、話していると、やりこめられそうであった。

一時間もして、寝床に入ると、身体がぽかぽかして来た。妙なことがあるものだと思ったが、確かにご主人の説のとおり、入浴中はちょっとぬるく感じるが、後で薬物効果が現われたのに違いない。

私が温度について文句をいったせいか翌朝は別の湯槽《ゆぶね》にあつい湯が用意してあった。もともと三十度近い温度だから、ちょっと温めただけであつくなる。

以後滞在中はぬる湯をわかしたあつ湯に入った。こっちの方は身体に効果がないとみえて、滞在中のお客様はほとんど見向きもしなかった。私はあつ湯の湯槽を一人じめしていい気持になっていた。

ぬる湯は二棟に分れていた。手前の二階建てが新館、奥の平屋が、地方の滞在客に当てられていた。米、みそ、燃料を用意して地方の人が滞在していたが、新館の方は私一人であった。この宿は、吾妻《あずま》山の登山路に当っていた。

私の目的はこれらの山々を訪れることにあったので、翌日は二階堂さんの案内で山へ入った。ツツジと五葉松の林を二十分も登ると、すばらしい眺望が開けた。

山の方を見上げると、一切経《いっさいきょう》山が肩をいからせていた。その肩のあたりに、白い噴煙が見えた。そこから石ころ道、更に登ると、地底からの轟音が聞える。硫黄くさい。噴煙は一本の白柱となって青空を支えていた。いささか無気味であった。噴火口というようなものがないから、地球の一部の皮膚が破れて、そこから地球内部の精気を吐き出しているといった感じであった。硫黄を採掘している人たちの姿が見える。

一切経の頂に立つと強い風が吹いていた。

帰途は五色沼《ごしき》により、不思議なほど青黒い沼の水を眺めて、夕刻ぬる湯に着いた。歩きながら二階堂さんが、この辺一帯が、スキー場としていかにすばらしいかの話を聞かせてくれた。遭難者の話も聞いた。

ぬる湯というところは自然を背景として、生れ出た一つの桃源郷ともいえる。いわゆる温泉場のように、下卑《げび》たところがない。宿は一軒きり、都会人に踏み荒されない、ほんとうの意味の山の温泉である。山好きの人は山を楽しめるし、山歩きがいやなら、宿にひっくりかえって寝ているだけで結構楽しい。

滞在中二階堂さんから、山の植物、動物のことをいろいろ聞いた。ひどく精通した人だと思ったが、後で聞くと、農学士だそうである。くわしい筈だ。

美しいお嬢さんがいたが、もうお嫁さんに行ったかどうか。

今度は秋に出掛けたい。旅は一人にかぎる。一人でゆっくり山道を歩いてぬる湯で汗を洗いたい。


（昭和二十九年）

山の弁当考

　去年（昭和五十二年）の九月のことである。久しぶりに、上高地―徳沢園―蝶ヶ岳―常念岳―大天井《おてんしょう》岳―燕《つばくろ》岳のコースを歩いた。

　これは八月三十一日に上高地に帝国ホテルの新館ができてその落成式をかねて上高地まででかけ、そのついでに山歩きを楽しんだのである。案内者は猿田穂積さんであった。猿田さんは以前、上高地帝国ホテルの冬期小屋に木村殖さんと共にいたことがある。その彼の案内で十数年ほど前のまだ残雪の多いころ、穂高岳に登って以来、北アルプスにでかける時は必ず彼に案内をたのむことにしている。

　彼に荷物はすべて持って貰って、私はサブザックの中に雨具と弁当だけを入れて背負い、ゆっくりゆっくり登る。私は先に立って歩く。あまりにも私の足が遅すぎて彼には気の毒だと思うが、私は自分のペースで歩かないと、調子が狂ってしまって、それが疲労に直接につながってしまうから、私の歩き方をよく知っている、猿田さんに何時も案内をたのんでいるのである。

帝国ホテルを出た時からどうも身体がだるかった。遅くまで洒を飲んでいたことと、睡眠不足のためだった。登山の前夜は勿論のこと登山中は酒はつつしむことにしている私だったが、すすめられるままについ度を過してしまったのを悔いたが、どうしようもなかった。

徳沢園でお茶を御馳走になっていると、登山者の一人が私になにか書いてくれと懐中ノートをさし出した。ことわればよかったが、気軽になにか書いた。それがきっかけで、徳沢園のあたりにいた登山者に次々とサインをせがまれたり、写真のモデルにされたりしているうちに十時になってしまった。

ようやく逃れ出て、蝶ヶ岳への登山道に入って、やれやれこれからは久しぶりに静かな山登りができると思った。

登り口にシュリザクラの老樹があった。紅葉しかけていて、房状の赤い実が黒くなりかかっていた。ツガ、ネズコの原生林に入り、その下に生えているシャクナゲの斜面を登り出したときに、腹が鳴った。まずいなと思った。昨夜、ウィスキーを飲む時、上高地の水で割って飲んだ。上高地の水というだけで旨いような気がしたからそうしたのだ。しかし、上高地のような高いところに来ると水はきれいであるけれど、硬水《こうすい》に近いから飲み過ぎると腹を悪くすることがある。

山に登る前に、気をつけねばならないことはいろいろあるが、そのような心得を私に教えてくれたのは、私の祖父であった。その中の重要な項目の一つに登山の前日に暴飲、暴食をしてはならないということがあった。この祖父の山に対する教えの中で、特にうるさかったのは、山へ持って行く弁当のことであった。

私は長野県諏訪市角間新田の生れである。新田生れの次男坊だから新田次郎というペンネームをつけたことは読者のみなさまも万々承知のことと思う。霧ヶ峰へ登る途中の小村で海抜一、〇〇〇メートルである。少年のころから、このあたりの山が私の遊び場であった。

「山へでかけるときはどんなことが起るか分らないから必ず余分の弁当を持って行けよ」

というのが祖父が私に注意した言葉であった。当時霧ヶ峰は全くの無人地帯で、夏になると、霧にまかれて行方不明になり、疲労凍死するというような事故が毎年のように起っていた。

私が少年のころ山へ出かけるというと、春はワラビ取り、秋はキノコ取り、冬は猟であった。猟は大人のやることだったが、その猟師たちが、どのような弁当を持って山へ入って行ったかは、見たり聞いたりしてよく知っていた。

餅——餅をつけ焼きにして油紙に包み、直接、肌で温めながら持ち歩く。

氷餅——餅を凍らせ、天日に当てて乾かすとかさかさした軽いものができる。この方は非常食に用いられていた。

おかずとしては、その折々適当なものを持って行ったが、ヒダラとか塩の利いたサケなどが用いられていた。

冬以外の季節はにぎり飯が多かったが、別におかずの箱を持って行く場合が多かった。にぎり飯の中には必ず梅ずけが入っていた。梅をシソと共に塩漬けにしたものので、こりこりと酸ぱいものである。おにぎりの芯に梅ずけを入れて、表面を焼くかのり巻きにした。

なぜ、ここで少年のころの弁当のことなど、くどくど書くつもりになったかと云《い》うと、この日に限って、登りにかかるとすぐ背負っている、サブザックに入っている弁当のことが気になり出したからだった。腹が鳴ったのはほんの一時的で、今度は、空腹を感じて来たからであった。

夕べ飲み過ぎたので、朝ろくろく食べず出て来たことと、徳沢園まで歩いているうちに腹が減ったのである。それにしてもお腹が鳴ったので、すぐさま、昨夜の不摂生に結びつけて考えたのは、祖父から教えられたいましめにそむいていたからであろう。

腹が減ったがまだまだ登り出したばかりだから、食事にしようとも云えず、ツガ、シラビソ、トウヒなどの針葉樹林を登って行くと、樹林の下草はシャクナゲからササに変り、そこからはだいたい同じような景観が続いた。登って来る人もいないし、降りて来る人にも会わなかった。静かな山であった。

シラビソ、トウヒなどに混じってナナカマドがあった。紅葉しかけていた。

十二時になったので、シラビソの根子の苔の上にあぐらをかいて弁当を開いた。猿田さんが、帝国ホテルの従業員宿舎の方で用意して貰って来た弁当は、駅弁よりも更に一段と上等なものであった。山に来てこういう豪華な弁当を食べると、なにか山にいるような気がしなくなる。山の弁当はやはり日の丸弁当かにぎり飯、それに若干のおかずというところが、もっとも私に合ったものだろう。実は、おかずとして、あらかじめ、イワシの缶詰とハチノコの缶詰を用意して来た。これも信濃の山を歩く時の私の常用副食品で、猿田さんのルックザックの中に詰めこまれてあったが、これを出す必要はなかった。

しばらく休んでから歩き出した。段階状に急坂と平《ひら》が交互にかわり、同時に樹木の種類も変る。ダケカンバという木は同種の群生を好み、他の樹木と混生するのは嫌いらしいが、どういうものか、シラビソの木とは仲よく共存しているのが面白い。段階状の傾斜もそれほどでなくなり、次第次第に明るくなって来た。頂上に近いことを思わせた。このあたりから倒木や立ち枯れの木が多くなった。

猿田さんの活躍がめざましくなったのは、このころからだった。彼は倒木や立ち枯れの木に生えているキノコ取りをはじめたのである。キノコの傘の色が褐色がかっていて、いかにもおいしそうだった。このあたりから頂上のハイマツ地帯に出るまでの間に、彼は手携げ袋をキノコでいっぱいにした。

穂高連峰がよく見えた。東鎌尾根もよく見える。前途に常念岳が巍然《ぎぜん》としてそびえ立っていた。

蝶ヶ岳小屋の附近のナナカマドの実はもう赤くなっていたが、葉はまだ紅葉してはいなかった。

蝶ヶ岳小屋の夕食はおいしかった。この小屋に限らず山小屋の食事の内容については年々よくなっていて、下界との差はほとんど無くなっている。十数年前の私の取材ノートには山小屋の食事の内容がいちいち記録されてあるけれど、肉ちょっぴりのライスカレーにタクワン二切れなどという記事ばかりである。今だって、ライスカレーはよく出されるが、内容は都会のレストランのそれと大差はない。ヘリで食糧が持ち上げられることと、山小屋でエンジンを廻し、電気を起し、冷蔵庫が使用できるからであろう。

しかし、なんと云ってもこの夜の夕食の圧巻は、猿田さんが途中で取って来たキノコの味噌汁だった。

朝起きると羽毛状巻雲が出ていた。天候悪化の兆である。ラジオでは曇りとなっているが、私には前線が近ずいているように思われた。

朝のうちは穂高連峰の眺望はすばらしかったが、九時ごろには雲に包まれた。稜線には霧が去来していた。

私たちは尾根を上ったり下ったりしながら常念岳を目ざした。クマイチゴ、ベニハナイチゴ、クロマメなどの秋の稔《みの》りが道の両側にあった。クロマメを口に入れると、とろけるような甘味があった。

「先生、やめてください。それはクマの食べものですから」

猿田さんが真面目の顔で云うのもおかしかった。常念岳への登りにかかると、空が晴れた。頭からの直射には降参しそうになった。足場が悪い道だったが、登山の味を満喫できる一時間半であった。

常念の頂上で昼食を摂《と》ろうかと考えていたが、かなり風が強いので、降りたところの草原で昼食をした。

蝶ヶ岳小屋でこしらえて貰った弁当も、これまた山旅には不相応なほど立派なもので、わざわざ持って来た缶詰を切る必要はなかった。

常念小屋には槍ヶ岳山荘の穂苅さんが待っていた。これはたいへんなことになるぞと思ったとおり、その夜は従業員一同を交えての大パーティーになってしまった。槍ヶ岳山荘から持参して来た御馳走もあって、とても山小屋での食事などというものではなかったし、常念小屋もすっかり変って、山小屋というよりも山の旅館になっていた。

私は個室に入れて貰い、足を伸して安眠した。

翌日は朝から天気が悪かった。

大天井岳から燕岳へ行く途中で雨にやられることは確実だった。暴風雨にならねばよいがと思っていた。

常念小屋を出て、シラビソの樹林帯に入ったところで雨になり、樹林帯を出てハイマツ地帯にかかったころから本格的な雨になったので雨具をつけた。身体中がむし暑くなる。

大天井岳へ向っての登りは霧の中だから見透しは利かなかった。あたりが急に暗くなると、私は背のサブザックの中に弁当がないのが心配になった。

昼食は大天井岳の大天荘《だいてんそう》でやるから弁当は不要だろうと猿田さんがいうので、そのとおりにしたのだが、霧が出て来ると、もし道を迷ったらとか、私一人が谷底に落ちたら（進行方向に向って右側に、時折そういうところがあった）などと心配した。しかし考えてみると、猿田さんのルックザックの中には、ハチノコ、イワシの缶詰の他に非常食が若干ある。パーティーとしての食糧のことは心配ないが、私自身の持ちものの中にそれが無いのが気になるのだ。

霧の中から突然ホシガラスが顔を出した。どうやらホシガラスはクロマメを食べていたようであった。

十一時半に大天荘に着いた。昭和三十九年の九月、猿田さんと来て泊った小屋だった。私が泊った部屋はそのまま残っていたが、当時の大天荘の隣りに大きな新館ができていた。

大天荘の昼食は雑炊《ぞうすい》だった。

「残り物を集めて作った雑炊ですが」

と云われて出されたそれが、たいへんおいしかった。雨まじりの強風に吹かれて冷え切っていた身体には、これ以上のものはなかった。雑炊の中味は数え上げると十種類ぐらい入っていた。その一つ一つを拾い上げて食べる楽しさがあった。これは帝国ホテルの従業員宿舎で作って貰った豪華な弁当よりも、蝶ヶ岳小屋、常念小屋の立派な夕食よりも私には暖かくておいしかった。

雑炊を腹いっぱい詰めこんで、私たち二人は、ほとんど暴風雨化している、喜作新道に入って行った。十三年前に歩いた道を逆方向から歩いたのである。

歩きながら山は少しも変っていないと思っていたが、コマクサの群落のあたりへ出て、その変りように驚いた。十三年前に来た時は戦前と比較してびっくり仰天したが、今度は十三年の間に、ほとんど滅亡に近ずきつつある現状を見て悲しくなった。

午後の四時に燕山荘《えんざんそう》に着いた。燕山荘も小屋ではなく立派な山頂の旅館となっていた。ここでも従業員の歓待を受け、なんと十七枚の色紙を書いた。一つ一つ違う文句を書くのだからたいへんだった。蝶ヶ岳小屋からここまで来る間に合計何枚の恥をかいて来たのだろうか。私はいやだとも云えずに、疲労を見せまいと、やせ我慢を続け、口では調子のよいことを云いながら書き続けていた。雨の音が激しかった。

この夜の夕食は山を忘れさせた。十数年前には考えられないことであった。ゴマあえが特においしかった。

翌朝は晴れていた。中房温泉へ向って急坂を下った。ここまで来れば弁当は不要だった。従って私の背中のサブザックの中はからっぽだった。

そのからっぽの背中の感触を味わいながら、十五年以前だったら、たとえ晴れていても、私の背中には、弁当が入っていたろうと考えていた。

私の祖父の山の教えの最後は、

「山へ持って行った弁当の残りはお土産として持ち帰って来い」

というものだった。つまり、山ではいかなることがあるかもしれないから、弁当だけは身から離さず、そして常に余裕を以て持参せよということだった。

私は猿田さんのルックザックを見た。相変らずふくらんでいた。猿田さんはハチノコの缶詰とイワシの缶詰合計十個を背負って歩き続けたのであった。私は今朝出発のときそれを燕山荘に置いておくように彼に云ったのだが、

「ここまで持って来たから背負って帰ります」

と云った。彼は南安曇郡堀金村の出身である。あるいはこの村でも、私が祖父に教えられたとおりのことを、今でも云っているのかもしれない。それを猿田さんに訊こう訊こうと思っていながら、ついに中房温泉に着いてしまった。

(「山と溪谷」昭和五十三年十二月号所載)

随筆II

――『山旅ノート』より

日本アルプスの旅

悲しき雷鳥

ライチョウと雷とどんな関係にあるか、はっきりは知らないけれど、ある人の説によると、雷が発生するような天気の日に、姿を現わすからライチョウと呼ばれるようになったのだそうだ。落雷のあとに、この鳥を見かけたからライチョウと名づけられたなどという人もいる。

ライチョウは晴れた日にはめったに姿を見せない。本来がおとなしい鳥で、飛ぶ力もそれほど達者だというわけではないし、くちばし・爪なども外敵と争って勝てるようにはなっていない。ライチョウは氷河時代の生きた化石といわれている。氷河時代が終っても、ライチョウだけは、高山に生き永らえたのである。貴重な鳥である。ライチョウはタカやワシに対しては非常に敏感であって、天気のいい日にうろうろ歩いていると、上空を旋回しているタカやワシに狙われるから、ハイマツのなかなどにかくれていて、霧になると姿を現わして、餌をさがす習性らしい。そういわれると、ライチョウに遇ったのは、天気の悪いときが多い。

旧制の中学を卒業したころ（昭和八、九年ごろ）アルプス銀座通り（燕《つばくろ》岳から、東鎌尾根を槍ヶ岳までいくコース）を友人と二人で歩いたことがあった。喜作新道を大天井《おてんしょう》岳の山腹にかかったころ、霧が出て来て、いまにも雨になりそうな天気になった。ここまで来たら、西岳の小屋へ逃げこむより方法はないだろうなどと相談していると、霧の中で人声が聞えた。人声に混じって、ガーガーとうなるような、鳴くような妙な音が聞えた。さて、なんであろうかと、霧の中をいそいで行くと、登山者が三人でライチョウを追いかけ廻していた。雛をつれたライチョウで、私たちが行ったときには、すでに一羽の雛がとらえられていた。あとの雛は、やぶの中へ逃げこんでいた。親のライチョウはとらえられた雛鳥のそばにいて、羽根をばたつかせたり、ガーガー鳴いたり、くちばしで無法者の足をつついたりしていた。身の危険も忘れて、なんとかして雛鳥を取りかえそうとしているライチョウの母性愛は私たちの心を強く打った。ところがライチョウの雛を捕えた男は、そんなことは意にかいさぬらしく、ハイマツの中へ雛鳥をつかまえに行った仲間に、早くこっちへ来てこの親鳥をぶち殺せと怒鳴っていた。男たちは手に手に杖を持っていた。私はライチョウがかわいそうで、胸がどきどきした。私は信州の生れであり、中学校の博物の先生が、亡びゆくライチョウを保護してやらねばならないと、日ごろ口ぐせのようにいっていたことを思い出して、

「よしておくれ、ライチョウは取ってはいけないことになってるで。それになあ、ライチョウをいじめると雷様がおこるだよ」

といった。保護鳥になっているかどうか、私は知らなかった。それはとっさに私の頭に浮んだ嘘だった。

「ライチョウを取ると、営林署にひっぱっていかれるぜ」

私の友人は、私より嘘がうまかった。友人はさらに、

「すぐあとから、営林署の人が来るでな」

といった。東京から来たらしい、その乱暴者たちは、ちょっとためらった。それでも、つかんでいる雛はなんとしても離そうとはしなかった。

「一ぴきや二ひき取ったってかまわないだろう」

一羽や二羽というところを一匹二匹なんていうのもいやらしかった。私たち二人は一生懸命になって雛鳥の助命を乞った。運がいいことに霧の中から人声が聞えた。

「そら営林署の人たちが来たぞ」

と私の友人が怒鳴ると、男は雛鳥を離した。親鳥は、その雛鳥をつばさの下にかかえこむようにして、ハイマツの中に消えた。

それから一時間もたたないうちに雷雨になった。私たちはずぶ濡れになって西岳小屋に入ると、ライチョウをいじめた東京の男たちが待っていて、

「ライチョウをいじめると雷になるってのは本当だなあ」

といった。

それから今日まで、ライチョウに遇ったことは何回かある。タカをおそれて、日が出るとハイマツの中へ入るライチョウが、なぜ人間をおそれないのだろうということが、いまもなお、私の持っている大きな疑問である。ライチョウを見ると、たいがいの登山者は追いかける。写真を撮るだけならいいが、焼鳥にして食べたという話さえも聞く。腹の立つ話である。長野県、富山県当局が一生懸命になって保護しようとしても、結局は、そのうち亡びてしまうのではないだろうか。亡びないよ

うにするには、登山者に自然を愛する気持を徹底させる以外にはない。

登山者模様

登山のエチケットについていろいろと批判がある。世間的には、最近の登山のエチケットはひどく悪いようにいわれている。本当はどうであろうか。私は山の愛好家の一人として、つね日頃、このことに関心を持っている。

結論から先にいうと、登山のエチケットは世間でいわれているように悪くはない。おおむね良好というところであろう。ただ、十人に一人ぐらい、山のエチケットを欠いたことをするので、登山者全体のモラルの低下のように思われるのはまったく残念である。

最近の山の服装はよいものが比較的安く手に入るようになった。たとえば、キャラバンシューズのたぐいだが、軽くて、ある程度の防水防寒性があり、足を保護するだけの強さもあって、夏山には非常に多く使用されている。戦前にはこういうものがないから、重いナーゲル（裏に鉄の鋲を打った登山靴）をはくか、ワラジばきだったが、いまはこういういいものができたから、誰でも、かなり高い山へ入ることができるようになった。靴ばかりでなく、ありとあらゆる登山用具が改良されたので、こういう登山用具を身につけていると、素人だか玄人だか見分けがつかなくなった。装具はよくなったが、それに匹敵するだけの技術を身につけているかどうかは考えもので、山を歩いていると、ずいぶんおかしな登山者にもぶつかる。鹿島槍に登る途中のことだった。鹿島部落から入って、河原沿いの道を遡行していって、いよいよ急斜面の登りにかかったころだった。数人の若い男たちがあとから来て、そのリーダーらしい男が、

「われわれ健脚組は、このペースで歩かねばならない。この調子で登っていくと、一時には種池小屋に着くはずだ」

そういって私を追いぬいていった。私の歩き方は非常におそい。牛歩なんてものではない。ナメクジのような歩き方をする。そのかわり、私は食事以外は休むことがなく、ゆっくりゆっくりと歩きつづける。こういう私の登り方をうしろから見ていれば、おかしくなるだろう。健脚組は私を追い抜いていくとき、じろりと軽蔑の目を向けた。ところがこの健脚組は、もう少しで、後立山連峰の稜線に出られるというところでバテ（山ことばで疲労困憊《こんぱい》の意）てしまった。どうやら、この人たちは口

だけの健脚組だったらしい。しかし、こういう人たちは、べつに他人に迷惑をかけるのではないからかまわないが、ごくまれには、水をくれなどといわれることもある。

山を歩いていてもっとも不愉快なのは、トランジスタ・ラジオをガーガー鳴らしながら歩いている人たちである。せっかく静かな山の空気に入りこもうとしていると、ジャズの騒音が聞えてくるのは泣きたい気持である。山は全体が静かだから、よく音がとおる。北アルプスの稜線でやられると、この音が風におしながされて、麓まで聞えてくることがある。

山の服装もよくなったが、携行食糧もよくなった。どこの山へ行っても、あきかんとからびんの山ができる。ヨーロッパアルプスの山には、こういうものはあまり捨ててない。捨てないでルックザックの中へ入れて持って帰る人が多いようだ。スイスのチナールの谷の奥へ入ったとき、高校生の一団と一緒になった。昼食が終ると、先生が包み紙やジャムのあきかんなどまとめて自分のルックザックに入れた。生徒は先生のやったとおりにした。あとにはちり一つ残っていなかった。一昨年穂高で高校生をつれている先生にあったことがある。先生がジュースのあきかんをぽんとハイマツの中へ捨てた。生徒がそれを真似てぽんと投げる。あとは紙くずやあきかんやびんがいっぱいだった。しかし、これは悪い例で、山のエチケットをやかましく生徒に教えている先生もいる。そういう先生に会って話してみると、高校時代・大学時代と山をやった先生が多い。登山は指導者が必要である。高校時代から、みっちり教えこむ必要があると思う。

山の服装は派手になった。赤・緑・黄と原色に近いものを着ているから、遠くから見ると、男か女かよく分らない。穂高の稜線のように、岩だらけの殺風景なところで、こういう派手な姿の登山者を見ると、山は変ったなと思う。山は変らないが人が変ったのである。

亡びゆく高山植物

昭和の初め、私が中学生だったころ、私はコマクサという花を初めて見た。燕岳から西岳へ行く途中の稜線で、道の両側にいっぱい咲いていた。鈴のかたちをした、ピンク色のこの花が群れをなしているようすはまことにすばらしかった。なんという花だか知らなかったが、高山植物であることには間違いなかった。その後、この花がコマクサという名で、高山植物の女王であると聞いた。女王にしては可憐すぎる花だった。人形の女王様の王冠を飾るにふさわしい花だと思った。女王といわれるのは、この花の一つ一つの美しさをほめたのではなく、群生しているのをいったのだとも思われた。コマクサにかぎらず高山植物は、群生するところにその美しさがある。黄色い花、白い花、むらさきの花、赤い花、黒い花（クロユリ）など色彩にあふれていて、それらの花が群生しているのを見ると、おれはこの花を見に山へ登って来たのだと、つくづく思うことがある。人工的に栽培された、いかなる名園の花よりも美しい。北アルプスで高山植物の美しいのは、後立山連峰、蝶ヶ岳、常念岳などであろう。夏これらの峰々を歩いていると、高山へ来たという気持がなくなる。同じ北アルプスでも穂高連峰とか、剣岳のような岩場の多い稜線には、高山植物は見られないが、その稜線からちょっと降りたところの岩かげなどには、きっと高山植物の群れを見ることができる。高山植物の名前はむずかしい。シナノキンバイ、ダイコンソウ、フウロソウ、コバイケイソウ、イワカガミなどと、ごく一般に知られている高山植物のほかにも、数えきれないほど多くの美しい花が咲いている。

高山植物を取ってはいけないということは、たいがいの登山者は心得ている。心得ていながら、一つぐらいいいだろうと手を出して、ちぎって捨てる数がばかにならない。北アルプスだけで、一夏に五十万人ぐらいの人が入る。一人が一つの植物を取れば、五十万の生物が一夏に消えてなくなる勘定になる。高山植物は苛酷な自然条件のもとに育ったものだから、下界のようにちょん切っても、ちょん切っても、あとから芽を出して来る雑草とは違う。

登山者で花をつむ人の気持は、その花が愛らしいから、つい手が出てしまうらしい。花を愛するあまり花を殺してしまうことになる。女性が胸のポケットなどになんの気なしに、花をさしているのを見かけることがある。その一本が高山植物を亡ぼす原因をつくるのだと思うと悲しくなる。

一昨年、久しぶりに燕岳の近くのコマクサの群生地の近くを通って見た。一本も見当らなかった。気をつけて見ると、草の中に踏跡がついている。そこをたどっていけば、二本や三本のコマクサを見ることができるだろうが、そこへ行くまでの間にその途中の植物を踏みつけることになるので、見にいくのはやめにした。

この場所のコマクサは亡びたとみていいだろう。やがて、常念岳のコマクサも亡びるかも知れない。

奇妙な動物

その奇妙な動物を初めて見かけたのは、横尾の洞窟の前の河原だった。河原で食事をしていると、妙なものがひょこんと、岩のかげから顔を出した。イタチかなと思ったが、イタチのようにずるがしこい顔をしてはいなかった。リスのような顔つきにも見えたがリスでもなかった。大きさはだいたいイタチぐらいだった。毛色はイタチと似た茶褐色系統だった。

岩の間から半身を乗りだして私を眺めている格好は、おい、よく山へやって来たなと私に話しかけているようにも見えた。食べているものを欲しいのではなさそうだったが、もしかすると、そうかも知れないと思って、あけたばかりの大和煮のかんづめから肉の一片を、ホークの先に突きさして、ぽいとほうると、奇妙な奴は、すぐ首をひっこめ、ほとんど同時にその岩と並んでいる岩から、同じような顔が出た。おや、二匹いるのかなと思って、そっちにも肉片を投げてやると、すぐ首を引っこめ、また別の岩から首が出る。二匹が交互に顔を出すのかと思ったがよく見ていると、どうやら一匹でこの芸当をやっているらしかった。非常に敏捷なので、一匹が二匹にも三匹にも見えるのである。

食事をすませて歩き出すと、奇妙な動物はどこかへ行ってしまった。どこへ行ったかなと考えながら歩いているうちに、そいつのことを忘れてしまった。暗い森の中を歩きつづけて、横尾本谷の丸木橋まで来たら、驚いたことに、そいつは川向うの河原の岩と岩の間から、首だけだして私を見詰めている。おそいじゃあないか、とからかわれているようだった。

それから、その動物は、涸沢《からさわ》の小屋へ着くまで、見えがくれについて来た。いなくなったと思うと、突然ひょこっと前に姿を現わしたり、びっくりするほどの早業で、私の前を横切ったりする。どう考えても、私はこの奇妙な動物に尾行されているとしか思えなかった。腹は立たなかった。犬でもついて来ていると考えればなんでもないが、人っ子一人いない晩秋の山道だから、そいつが知らない動物であるということもあって、少々気持が悪くなった。

ひょっとすると、こいつはオコジョかも知れないと思った。オコジョというのは、ヤマイタチの一種で、二〇〇〇メートル以上の岩山に住んでいる動物で、ところによっては、神格化されている動物だった。オコジョを山の神様だと思いこんでいる人たちがいることも聞いていた。人をばかすともいわれているし、これを見ると遭難するなどということも聞いた。そんなことを考えていると、気味が悪くなって来た。よしこんど顔を出したら追っ払ってやれと思った。石を手に持ったら、そいつは二度と私の前には姿を現わさなくなった。

涸沢の小屋へいってこの話をすると、そいつは、まさしく、オコジョであって、最近は登山者の捨てた食べ物などを拾って食べるし、小屋の残飯などをあさりに来るのをよく見かけるということだった。めずらしそうな顔はしなかった。

そのつぎオコジョに遇ったのは、南岳から槍平へ降りる、南沢新道を歩いているときだった。この道はできたばかりで、あまり人が通っていないから荒れていた。荒れ沢を降りていったら、二匹そろって、オコジョが私の前に姿を現わした。首をそろえているから二匹いることは間違いなかった。私は相手になってやらなかった。相手にすると、つい危険なところなどへつれこまれることもあると聞いていたから、知らんふりをしていた。ところが、オコジョの方は、私に無視されたことを沽券《こけん》にかかわるとでも思ったのか、しきりに、消えたり、現われたりのデモンストレーシヨンをするのである。二匹が岩のかげから出たり入ったりすると、二匹が四匹にも見えてくる。眼がまわりそうな早業である。あっけにとられて見ていると、オコジョは姿をかくして、若い女性の歌声が聞えてきた。はてな、こんな岩ごろ道を歩く女性はないはず、しかも登りながら歌を歌うなどということは、あまり見かけないことだから、つい、あり得べからざることを考えた。オコジョが女に化けたわけであるまいなどと思っていると、突然きれいな娘さんが二人、私の前に顔を出した。オコジョとの入れ違いから見て、まさにオコジョが化けたような気がした。コンニチハの山の挨拶を交わしてすれ違ったが、その女性たちの足の速いこと、まるで、平地を歩くような速さで消えていった。オコジョはそれから姿を見せなかった。槍平の小屋に着いて、この話をしたら、その二人の女性は槍平小屋のアルバイト大学生だった。

（昭和四十一年四月『日本の旅③信越／飛驒』所載）

失われた故郷

私は山に特別な関心を持ってはいなかった。

私自身、山の中の一小村に生れ、ずっと山の中に育ったから、私にとって山そのものは、そう珍しい存在ではなかった。私が、客観的な眼を山に向けるようになったのは小学校の五年生のときであった。ひどくつづり方の好きな先生がいて、生徒に色々のテーマを与えて作文させた。その先生の名前は忘れたが、出されたテーマが、〝私は一年のうちで○が一番好きだ〟という妙な題名であった。○に相当するところを春、夏、秋、冬のいずれかの季節を入れてつづり方を作れというのである。

私の故郷は信州の諏訪である。冬はスケート（当時はスキーはなかった）、春はワラビ採り、夏は渓流にイワナ、ヤマメを追い、秋はキノコ、ブドウ、アケビなどを求めては山に入った。どの季節も私は好きだったが、このときの作文に、私は秋を書いた。

「濃いみどりの山の中に、赤インクでも落したように、ぽつんと赤い点が出来る。

ウルシの紅葉だ。秋が山へやって来た」

私はこんな書き出しで山のことを書いた。山といっても、毎朝毎夕、眺めている周囲の山のことで、特になになにという山をさしたのではなかった。

この作文を先生が読み上げ、ひどくほめてくれた。なぜほめられたか私にはよく分らなかったが、嬉しかったから今でも思い出として残っている。つまり私は、その年齢になって、初めて、眼を周囲に投げ、自分の故郷の山というものを再認識したのであろう。

私の過去において、最も楽しかった時代は、中学校へ入ってからの五年間であって、この間私は、私の足で歩ける付近の山々はことごとく歩いて廻った。霧ヶ峰は今のように開かれておらず、夏行くと背丈のかくれるほどの草が茂っていた。採草地であるから、付近の村々で協力して、年ごとに刈取り区画を変えていた。

和田峠にかかる一帯の国有林（当時は御《ご》料林《りょうりん》といっていた）は完全な原始林として残っていた。鎌ヶ池一帯の高層湿原植物は、広い面積に繁茂していて、時折、植物学者が採取に来る以外は、ほとんど人の眼に触れなかった。

中学校五年生の冬であった。大雪があった。私は父の作ったスキーをはいて、中学校へ行く下り道を滑って行った。私の生れる前に物好きな父が、レルヒのスキー術を高田まで見に行って来た後、大工に作らせたものだった。物置の天井につり下げられてあるのを引きずり降ろして、ほこりを払い、父からざっとスキーなるものの知識を教わったのである。長い竹竿一本を、小舟を漕ぐように使って、傾斜面を滑った。勿論《もちろん》締具などはないから、ひもで雪靴をやたらにしばりつけておいた。

その朝、私は妙な歩き方をしながら坂を登って来る二人の男に会った。背にルックザックを背負い、手に二本のストックを持ち、スキーをはいていた。

「おい、へんなものをはいてるぜ」

滑り降りていく私を二人はこういいながら眺めていた。向うから見ると、私がへんだったかも知れないが、私が見ると、向うがへんなものをはいているように見えた。

学校からの帰途、私は雪面上に残された四本のシュプールを見た。どういう滑り方をしたのか分らないが、跡を見ただけで、二人の男が使う新しいスキーというものが、私のはいている明治時代のものと大変な相違のあることを感じた。

今考えるとその日が、私の故郷霧ヶ峰にスキーの跡が印され、その後、二、三年を出ずして、霧ヶ峰スキー場となるきっかけを作った日のように思われる。その二人の男が地方の人でないことは言葉使いで分っていた。

その後、上京してからも、学校の休みに家へ帰る私の最大の楽しみは、故郷の山々をぶらつくことであった。しかし、私が上京した昭和五年頃から、故郷の山々は急速に変貌していった。夏はハイカー、冬はスキーヤー、都会から繰り出して来る人たちの足に踏まれた草は、延びる暇のないうちに秋を迎えた。高山植物は根こそぎ掘られて絶滅し、シラカバの皮は剝奪されて、枯死していった。

こうして、私が、自然の庭のように感じていた思い出の一つ一つは破壊されていった。私はそれまでの経験でいくつかの場所を知っていた。カヤタケ、シイタケ、クリタケ、ブドウ、ヤマメ、スズラン、その他ありとあらゆる山の幸や美しさに富んだ場所である。

場所は友人には知らせず、自分一人の秘密として心に抱き、その季節になれば、その秘密の場所に忍んでいったものであった。収穫を多くしたいという気持は勿論あったが、他人にその場所を攻め滅ぼされたくないという気持の方が強かった。

そういう場所は都会人種の氾濫と共に消え失せ、後は新聞紙やあきびん、あきかん、汚物が散乱した。私は故郷へ帰るたびに、変っていく山々を見ながら、もはや、どうにもならない自然の勢いを知った。

故郷へ帰りたいという意欲は減殺《げんさい》されていった。山へ入りこむ、都会の人たちに対して、つめたい眼をとっていた村の人々も、スキー場へ小屋を作り、茶店を経営することの方が、あくせく、土の中で働くよりずっと利益の多いことを知ると、そっちの方向へ進んでいった。現金の魅力が、何百年来続いて来た村の伝統さえも変えたのである。

私が山というものに、あこがれの気持を持ち出したのはこういう時期であった。失われていく故郷に対する悲しみを、私は、未だに失われていない新しい山へ向けようとした。人のあまり入らない自然のままの山の中へ踏みこむすばらしさを私は尊いものに感じた。

高山へ挑戦し、新ルートを開拓する本格的登山家とは全然違った道を私は探していた。記録は私には必要なかった。

私の母が亡くなった日は、大陸に発生した高気圧の異常急進のため、ものすごい寒波が中部地方全体を襲った十月の中旬であった。まだ霜の降りる時期でないのに霜が降りた。

私の母は花作りが好きだった。晩年の情熱を花に向けていた。寒くなるという天気予報を聞き、事実、日が暮れると同時に急激に下降する温度に驚き、母は菊畑に出て、霜除けのおおいをして廻った。霜除けの処置が終り、鋏で三、四本菊の枝を切りとったところで倒れた。脳溢血《のういっけつ》であった。菊を胸に抱いたまま、母の顔は静かであった。

母の葬儀の日はよく晴れていた。

私は母の棺の後に従って、墓地に向って坂を登っていった。よく澄んだ秋の日の中に眼を廻すと、山々の秋のよそおいは見事であった。私はもう一度この山の美しさを母と共に見たかった。それがかなわぬ願いだと思うと、新しい涙がこみ上げて来た。

母の葬送の列が村の中央あたりを登っているときだった。霧ヶ峰からの帰りのバスが来た。列はバスを除けるために道の傍へ寄った。

「なんだ、田舎の葬式か」

そんな言葉がバスの窓から飛んだ。カメラがこっちへ向けられた。人の気持を知らないハイカーたちの放言だったが、私の心を強く刺した。バスは続けて三台土ぼこりを浴びせて通っていった。

母の、野辺の送りが済んだ後、私は久しぶりで、思い出の山々を一日がかりでゆっくり歩こうかと思った。そのつもりで支度をしたが、家の門を出るとき、ハイカーの乗り込んだバスを見ると急に気が変った。

私はその足で裏山へ行った。私の家の持ち山だった。子供のころには、二かかえもあるような赤松の大木があって、マツタケがよく採れる山だったが、戦時中木造船の材料にするという理由で供出を強請され、一本残らず切り倒したため今は雑木林になっていた。

そう広い面積の山ではなかったが、やぶの中をくぐって歩くとけっこう歩きでがあった。松を切ったせいか、山の様相はすっかり変り、思いがけないところに思いがけない植物があった。キノコは見当らなかったが、秋リンドウが、日当りに咲いていた。

私は母の墓に、このリンドウを捧げてやろうと思った。母の好きな野草であった。目的を摑むと、リンドウを探すという単純な仕事にせいが出た。

私は二、三時間もかかって、リンドウの花束を二つ作った。家へは帰らず、山伝いに母の墓へ行ってそのリンドウを供えた。

墓所は見晴らしのいい高台にあった。そこからの眺めは幼い時と少しも変っていなかった。

（禿《は》げ山にならない限りは……）

私はそんなことを考えていた。人間の増加につれて山は変っていくが、まさかあの山々の木立がすっかり無くなるまでの変貌は近い将来には起きないだろうと思うと、妙な安心感が湧いた。東京へ帰る日、駅までの一里の道を私は歩いた。

バスに乗る気はしなかった。バスに乗っているハイカーたちと顔を合わせることが嫌だった。それでも駅につくと、ハイカーたちはうようよしていた。どの顔も、私の母の葬列に向って、なんだ田舎の葬式かと不謹慎な言葉を吐いたハイカーの顔に見えた。

汽車が東京に着くまでの道中、車窓には次々と見なれた山がうつり、駅々には幾人かのハイカーや登山者の姿を見かけた。その度に私は顔をそむけ、やり切れない思いを嚙みしめた。

山をテーマとして小説を書く私でありながら、なぜ、これらの人たちと離れた気持で、同じ汽車に乗らねばならないか自分自身分らないほどみじめな気持を抱いていた。

あれからもう一年になる。その間、私は故郷以外のいくつかの山へ入っていった。いつでもそうだが、一人で行きたいと思いながら、友人をたよる自分に思う存分の侮蔑の言葉を吐きながら、結局一人になりきれない自分の弱さを年齢に結びつけて諦めていた。

（昭和三十四年『山と溪谷』一月号所載）

ブロッケンの妖異

ブロッケンの妖怪は山の頂上で、ごくまれに見られる光学現象の一種である。ブロッケン山（ドイツ）の頂上でよく見られるのでこの言葉が生れたといわれる。頂上に立って太陽を背に負った時、前面の雲、または霧にうつる自分の影が妖怪に見られ、わが国では仏の後光《ごこう》といって山の信仰の上に、大いに霊験あらたかなものとしていた。

富士山頂観測所が剣ヶ峰に移転した二十年も前のある冬のこと、私は観測員五人のメンバーの一員として、来る日も来る日も氷と風と戦いながら、荒っぽい生活をしていた。娯楽といったら、トランプをしたり、本を読んだりするくらいのもので、ラジオも電源を節約するためにニュース以外は聞かれない生活であった。しかしこの日本の最高峰に現われる気象現象が、峻烈敏速であるためと、これを観測するわれわれは常に生命の危険を感じての緊張があったから、下界の人が考えているように、淋しいとか、つらいとか、そういったことを考える余裕はあまりなかった。

三七七六メートルのここでは気圧が低いために、ちょっとした労働をしても非常な体力の消耗をきたし、従って全員食欲は旺盛であり、よく眠れた。四十日間、一度もフロに入れないことが一番つらいことであったが、馴れるとそう気にならなくなるし、五人の男以外の人間がいないから、別にヒゲをそる必要もなく、この点、独身者ばかりのわれわれにとっては下界より住みよいともいえた。ただ野菜が食べられないことは苦痛であった。悪天候が続いて、交代要員とともに強力《ごうりき》の背によって運ばれる野菜が、おくれるとなると、われわれは捨てないでとっておいたミカンの皮を食べることもあった。主要食糧はすべて夏の間に持ち上げられていたから、このほうの心配は要らなかった。

山頂では常に二〇メートル近い強風が吹いていたし、一夜で岩石のかたちを変える霧氷の創作は、われわれの眼を楽しませてくれた。観測所は厚い真白な霧氷におおわれて、朝日を受けると荘厳な輝きを発し、月の夜には子供のころ読んだ、王様の住む御殿の幻想が事実となって再現された。どうかすると、地球上の風の流れが一せいにストライキを起したように、ぴたりと止むことがあった。こういう時が、月の夜だったりすると、静かすぎるために、かえって眠れないで困った。

夏の間は一日に数千人もの人が訪れることのある富士山も、一度雪におおわれると、ほとんど人を寄せつけなくなる。観測所を訪れる登山家も時にはあるが、それは相当名の売れた登山家か、全然この山の恐ろしさを知らないでくる無鉄砲な山登りにきまっていた。前者は完全な装備をして、梶君とか小見山君とか、山崎君とか、当時富士山に関しては一流といわれる山案内人を連れてくるから心配はないが、無鉄砲組は不完全な装備で、たいがいは案内人を連れてこない。一冬に、数名以上もの犠牲者を出すような遭難が起きるのはこんな場合である。

この日の天気はごくありふれたもので、風速は二十数メートルを記録していた。自記風速計のペンが自記紙上を走る速度に追い廻されるように、観測者は毎時の電報を無線電信で中央気象台に報じ、手のあいたものは、エンジンを起動させて、電池に充電させていた。この日一人の登山者が観測所を訪れた。エンジンの冷却用のための霧氷を取りに出た私が、観測所の入口に突立っている登山者を認めたとき、この男が投げかけてきた言葉は今でも私の耳に残っている。

「泊めてくれますかね」

そういいながら男は、ウィンドヤッケ（防風衣）の頭巾を取り、雪眼鏡をはずした。ポマードに光った頭と、ヒゲのそり跡が青かった。われわれとはちがう下界の人の顔であった。一見して、装具は完全だが、新しいから、この男が山にかけて初心者であることを思わせた。

「……ここは観測所で宿屋ではありませんが、……あなたは……」

といいかけて私はこの男がルックザックを背負っていないことに気がついた。大変なお客様を迎えたものだと思った。観測所は限られた人員と予算で運営されているから、すべてに余裕というものがなかった。食糧の箱には一つ一つに番号が打ってあって、許された以上に手をつけることはできない。が、天候と登山者の疲労の状況によっては泊めてやらねばならない。

「泊めてくれないんですか」

男は私が返事をすぐしないのが気にさわったのか、雪眼鏡をかけて、ウィンドヤッケの頭巾をかぶり、ピッケルを握った。まあまあとにかくお入りなさいと、私は男を観測所に入れてやった。ストーブの傍で解くアイゼンの紐は凍っていた。熱い紅茶を出して、男の落着くのを待って、何処《どこ》から登って来たかと聞くと、吉田口だと答える。雪中富士登山に吉田口を選ぶのはよほどの達人でないと無理である。それに単独行をあえてしたこの男の行動に、われわれは顔を見合せた。こういった無鉄砲の男にかぎり、饒舌《じょうぜつ》で、富士山なんか屁とも思わないような広言を吐くのだが、この男は不思議に無口だし、お茶を飲んで落着くと、われわれと、われわれの仕事に興味を持って聞きたがる常の登山者とも異っていた。ルックザックのないのは、八合目で強風に遭った時、ルックザックに受ける風圧が耐え難いものだから捨てたと答え、平然としていた。しばらく休むとこの男は、

「泊めてくれなけりゃあ、下るとしようか」

そういって腕時計を見た。午後の一時であった。とうてい山を降りられる時間でもないし、こんな危険な人物をはなしてやるわけにもいかなかった。われわれは下山が困難なことを男に話して、彼のために寝室を整備してやった。

この客は一晩、観測所の厄介になって、翌朝、われわれの注意を聞いて、危険の少ない御殿場口へ下ることになった。私はこの男が拒絶するのもかまわず、無理に私のルックザックを背負わせ、二日分の食糧を入れてやった。男は観測所を去る時、たいして有難かったような顔も見せず、ポケットから十円紙幣の束を出して、われわれの前につき出した。受取ることができないとことわると、

「どうせ持っていっても用のないものだが……」

そういいながら、ポケットへねじ込んで観測所を出て行った。男の姿が剣ヶ峰から、三島岳の方向に延びる雪の稜線に消えていくのを見送って観測所へ入ると、その私を待っていたように電話機のベルが鳴った。御殿場の宿との直通電話である。夏の間だけは使用できて、冬になると、氷雪のために電線が切れて使用不能になっていたが、ときとすると突然この電話が使えることがある。大てい異常高温のために氷が溶けたり、切れた電線が風のいたずらで接触したりする。そういった偶発的な原因によるものであった。先に旧知の宿の主人が出て、かわって若い女の声が聞えた。昨夜泊った男の安否の問合せであった。今、山を下ったばかりだと答えると、

「お願いです、すぐ、すぐ後を追いかけて、引止めて下さい。あの人は、あの人は……」

女の声は電話にかみつくような声だったが、それだけで、プツンと電話が切れて、いくら呼んでも応答はなかった。

私は完全な装備をして、すぐ男の後を追って、御殿場口の見える岩の上に立ったが、すでに彼の姿は私の視界から消えていた。私自身のアイゼンが氷面に喰いこむ

キュッ、キュッという音が無気味だった。

午後になって、霧が山頂めざしてはい上ってきた。この濃霧に包まれると観測所は夜のように暗くなる。こういった霧の去来が、夕方に近くなると落着きを見せて、八合目下に雲海ができあがった。太陽がその雲の海に沈みかけた時、雲海の一部が千切れて頂上にやってきた。薄い霧であった。

剣ヶ峰の頂上に太陽を背にして私がブロッケンの妖怪を認めたのは、この時であった。いろどられた三重の光輪を背にした巨人が、久須志《くすし》岳の上に立った光景は、しばらくの間、自然現象を観測する職業である自分を忘れさせるほど、現実離れのしたものであった。これはこの世で見られる最上の美観であったし、私の生れて初めて見る怪異でもあった。巨人は私自身の映像が氷霧のスクリーンに拡大されたものであることは知っていたが、現象と観念とは全然別なところに置かれ、私はそのブロッケンの巨人に圧伏された小さい人間として、かたずをのんで現象の推移を眺めていた。

私の叫び声で同僚が出てきて、写真を取る準備にかかった時、巨人の姿が動き出した。五色の光輪は一色の光輪となり、やがて色彩が薄れかかると、巨人の姿がぼけて、そこにはあいまいな形ではあったが、十字架が現われて瞬間に消えた。ほんの数分間の出来事だった。現象が消えると、にわかに風が出て、もうそこに私は止まることはできなくなった。

有名な登山家ウインパーがアルプスで同行者の墜死の直後に見たという、十字架もこういったものであったかも知れない。怪異と断ずるには当らないかも知れないが、この朝観測所を出発した男は、われわれが御殿場口に下降するようにすすめたのにもかかわらず、吉田口に向って降りたために、突風に足をさらわれて氷壁をすべり落ちて、惨死体となって発見された。その数日後のことであった。私のルックザックは、頂上の神社の陰に置いてあった。

われわれはこの男が、ごくまれにみる自殺登山者だったかどうかの問題について、彼が観測所来訪者名簿に書き残した記事を、もう一度開いてみた。

どこにも私を泊めてくれるところはない
海底の水圧に耐えるよりも
稀薄な空気の方が

昇華するには踏み切り易いというものか

電話をかけてきた女と、この男の関係も、特にこの紙面でくどくどと書くほどのこともあるまいが、東京に帰ってから一度、この女が私に会いたいと電話をかけてきただけで、ついに会う機会をなくしてしまった。

山の本にブロッケンの妖怪を見たという記事を読むにつけて、私は二十年前のあの男の顔を思い出す。ブロッケンの妖怪と、男の死とはなんの関係もないことだが、強く印象づけられたこの二つの事象は終生私の念頭から消えないであろう。

（昭和二十八年）

狂った磁石

私が初めて赤城山に登ったのは昭和二十七年三月であった。前橋からジープで赤城山の麓の一杯清水というところまで来て、そこから山道を大沼湖畔まで歩いて、大熊勝朗さん（全日本スキー連盟常任理事）のところに泊めて貰った。

その日は朝から小雨模様の天気だったが、登山にかかったころから雨になり、急坂道を登り切って新坂平についたころは雪になった。新坂平から大沼までのダケカンバの林の中の残雪に足を食われながら大熊さんのところに着いたときは吹雪模様になっていた。

当時私は中央気象台（現気象庁）に勤務していた。私が赤城山に来た目的は、無線ロボット雨量計という器械の設置点を決めるためだった。無線ロボット雨量計というのは、雨量を自動的に測定し、自動的に電波を発射して基地の測候所にその数値を知らせる器械であって、現在日本全国に百五十カ所ほどある。その無線ロボット雨量計第一号機の設置点として、赤城山が選ばれたのであった。

実はこの器械は私が発明したものだったので、設置点についてはかなり神経質になっていた。なにしろ、日本で初めての器械だったし、電波そのものも、そのころやっと使われ出した極超短波であったので、電波の発射条件をよくするための設置場所についてはあれこれと苦労した。だいたい、赤城山塊のうちどこかというならば長七郎山だろうと図上検討はして来たものの、さて現地に来て聞いてみると、そこへ登る道はないし、思ったよりけわしそうな話なので、どうしたものかと考えたが、とにかく登ってみなければということになって、大熊さんに案内をお願いして、吹雪の中へスキーをはいて出ていった。樹林の中を小沼のほとりまではどうやら来たが、深雪の中を長七郎山の頂上へ向って登るのはたいへんなことだった。さいわい大熊さんというベテランが先導者だった。吹雪が強くなったり霧が出ると私のそばにぴったりついて霽《は》れるのを待っていてくれるから、心細いことはなかった。

長七郎山（一五八〇メートル）の頂上は風が強いために雪は吹き払われて、赤味がかった石が露出した、小さながれ場になっていた。

私は地図を出したり、磁石を出したりして、まず方向の確認にかかった。時々は眼をつぶってしまうような吹雪であった。その時おかしなことが起きた。磁石の針の動きが定まらないのである。大熊さんが、北はあっちだと指さす方に針が向かないばかりでなく場所を変えるごとに指す方向が変るのである。使い馴れた磁石で、いままでそんなことは一度もなかったことだった。富士山麓の青木ヶ原という鉄分を含んだ熔岩流のところへ行くと磁石が効かなくなることがあるけれど、めったなところでは、こういうことは起きない。ひょっとすると、磁気嵐にでもぶつかったのかも知れないと思った。一番曲者は、長七郎山の頂上の赤い石であった。持って帰って鉄分があるかどうかを確かめようとして、二つ三つルックザックに入れて帰途についた。

翌日は天気がいいので場所をかえて、長七郎山の隣の地蔵岳に登って実験を兼ねた調査をしたところが、前橋測候所との見とおしが効くし道も細いながらついていたし、頂上が平らで雨量の観測にもってこいのところだったので、そこを無線ロボット第一号機の地点と決めた。

翌年には雪溶けを待って小屋を建てて機械を入れた。このときはツツジが咲くころに登ったが、もう長七郎山へ行く必要もないので、仕事を済ませるとさっさと東京へ帰った。無線ロボット雨量計第一号機は成功した。これがきっかけとなり、この器械は全国的に広がっていった。

　話はそれから大きくとんで昭和四十一年三月になる。私は定年（気象庁は六十歳が定年）までにまだ五年あったが、そろそろ二足のわらじをはいているのがつらくなって退職を決意した。キャビネットや戸棚を整理したら、十四年前に長七郎山のいただきから拾って来た赤い石が出て来た。そうだ、あのとき妙なことがあった。あの磁石を狂わせた原因はなんであったろうかと、おそまきながらその赤い石を専門家に調べて貰ったが鉄分はほとんどないということであった。当時磁気嵐があったかどうかを記録によって調べたがその事実はなかった。じゃあいったいなんだろうと考えると、どうも気になってしようがない。私は気にしだすとどうにもならないたちだからもう一度、同じ磁石を持って赤城山の長七郎山へ登ることにした。

　昭和四十二年十一月二十四日、前橋は曇りだったが、赤城山の大沼湖畔に降り立つと、霰《あられ》が降っていた。霰が降ろうが雪が降ろうが、前橋から赤城山大沼湖畔までの赤城有料道路は完全舗装で快適なドライブだった。十五年前に休んだ一杯清水の茶屋などあとかたもなかったし、大沼付近は、すっかり観光地化していて、大きな旅館が林立しているのにはただ驚くばかりであった。もっと驚いたことは長七郎山のすぐ下まで自動車道路ができていることであった。十五年前のつもりで山支度をして来た自分が恥ずかしくなるように、赤城山全体は変っていた。自動車を降りて十分も歩くと、そこが頂上で十五年前はがれ場だったが、どこのひま人がやったのか、その辺の石を積み上げてケルンができていた。

私は十五年前の磁石を出した。この磁石は私とともに日本の山ばかりでなく、ヨーロッパ各地の山も旅行したもので、その間一度も狂ったことはなかった。

私は磁石を持って頂上に立った。磁針は見おぼえのある武尊《ほたか》岳の方向をぴたりと指している。場所を変えても、石の上に置いても、土の上に置いても変らないのである。地図とチェックして見ても、その方向が北であることに間違いがなかった。

高曇りで見とおしはいいが、北風がつよく、時折ばらばらと霰が降った。

こういう結果が出るだろうということはほぼ想像していたが、やっぱりそうだったとなると、それでは十五年前のあの磁石の狂いは、如何《いか》にして起ったのだろうかということになる。

磁石を暖かいところから急に寒いところへ出すと、磁石の中の水蒸気が凍って、磁針を支えている軸の回転を止めたり、動きを鈍らせるということはときどき聞くことであって、十五年前のその時も一応はそうではないかと疑って、磁石を体温であたためてやったり振って見たりしたものである。

さて長七郎山の頂上には磁石を狂わすようなものはなにもなかったということになると、いよいよもってこのまま引っこめなくなった。今度は十五年前と同じような条件下でもう一度、この磁石を持って長七郎山へ登って見ようと思っている。赤城山はすっかり変って、その当時と同じようにはいかないまでも、なにかの手がかりがつかめるかもしれない。

今年の三月末の吹雪の日に、他人が聞けば、実にばかげたような実験だが、それをやって見たいと思っている。そうしないと私自身の気持がおさまらないのである。

(昭和四十三年)

強力伝今昔

あるところへ講演会に招かれた。司会者（若い人）が講演に先だって私の略歴を話した。

「新田次郎さんはきょうりょくでん（強力伝）によって直木賞を受けられ……」

聴衆の中から笑いは起きなかった。強力伝を〝ごうりきでん〟と読む人は戦前派で、戦後教育を受けた人に、ごうりきでんと読ませるのは無理である。だいいち、ごうりきなどという呼び名は現在存在しない。だからごうりきでんをきょうりょくでんと読まれても私はそれを訂正しようとはしなかった。

強力という字を広辞苑で見ると、力の強いこと、修験者《しゅげんじゃ》などに荷を負って従う下男、登山者の荷を負い案内に立つ人、とあるが、現代では修験者はほとんどいなくなったから、通用するとすれば、力の強いこと、登山者の荷を負い案内に立つ人のことになるのだろう。戦前、強力という名がもっともよく使われていたのは富士山であろう。広辞苑に示されたとおり、石室《いしむろ》小屋に荷物をかつぎ上げる人たちのことを強力といい、この人たちは案内者もかねていた。戦後になっても、富士山では相変らず強力という呼称は通用して、つい二、三年前までは、強力組合があった。人の力でなければどうにもならないところは、この強力の肩によって荷揚げがなされたのである。富士山には強力組合のほかに馬方組合があって、その分担区域がはっきりしていたが、昭和三十九年富士山頂剣ヶ峰に世界最大の気象レーダーが取付けられたとき、ブルドーザーが荷揚げに使用されて以来、各登山道とも、馬や人力を使わずにブルドーザーを使うようになった。事実上、強力の名はなくなったと同じである。

北アルプス方面では以前から強力という名は通用していない。もっとも、富士山と違って北アルプスの登山の歴史は新しいし、ウェストンが名案内人の嘉門次を連れて山にはいったころから、案内人と荷を背負う人との区別が、西欧と同じようにに分れていたので、現在になっても案内人は案内人、荷を背負う人は荷を背負う人とはっきり分れている。

富士山では重い荷物を背負う人を強力というが、北アルプス方面では、荷背負《にしょい》または歩荷《ぼっか》という。歩荷の語源については、各地方でそれぞれ意見を異にしているが、松本地方では、昔、飛騨から、飛騨鰤《ひだぶり》、藍染《あいぞめ》の原料、麻などを背負って来て、松本から米、足袋《たび》、綿製品などを背負って帰る人たちの後ろ姿が、荷が歩いているように見えたから歩荷と呼んだと伝えられている。この歩荷は北アルプスでは常用語となっていて、夏山を歩いていると、小屋から小屋へ大きな荷物を背負って歩いていく人たちをよく見かける。ただでさえ、息が切れる高い山へ重い荷物を背負い上げるのだから、その労苦はたいへんなものである。しかし、富士山にブルドーザーがはいって強力が必要なくなったように、北アルプスでも、以前のように、なにからなにまで歩荷の背を借りないでもよくなった。ヘリコプターの登場である。

登山期に先だって、ヘリコプターがやって来て、各小屋にいっきょに荷揚げをしてしまうのである。だいたい、貯蔵のきく物はいっさいがっさい持ち上げるから便利であって、その運賃も、歩荷の料金に比較すると格段と安い。

上高地から、穂高連峰の各小屋へのヘリコプターの料金は一トン当り大体五万三千円ぐらいになる。これに比較して歩荷の方は、仕事がやれる状態（天気状態）のいかんにかかわらず一日二千円の日当のほかに食費、宿泊代は小屋側持ちで、一キログラム約四十円（ただし横尾小屋から槍ヶ岳肩の小屋）出さねばならない。

なれた歩荷になると一日五千円はかせぐ。だが、この歩荷も最近はいなくなった。一日五千円はいいかせぎのようだが、その労苦に耐えられる体力を持った人はそういない。だから山小屋は、学生アルバイトに目をつけたが、こういう重労働を引き受ける学生は、近ごろめっきり少なくなって各山小屋とも頭をかかえている。なんといっても、生鮮食糧は歩荷によって背負い上げねばならないので、歩荷がいなくなった場合のことを考慮して、大冷蔵庫を山小屋に設置して、冷凍食品をヘリコプターで多量に持ち上げるということを考えているようである。

以前富士山には案内人を兼務した強力が山麓にたむろしていて、登山者にうるさくつきまとったものだが、今はほとんどその姿を見せない。五合目までバスが行くようになると、案内人はもういらないのである。

北アルプスの各登山口には案内人組合があって、案内人が常駐している。案内人組合に登録している案内人はほとんど十年、二十年以上の経験者で、山のことをよく知っているばかりでなく、植物などの名をよく知っていて教えてくれる。こういう案内人と一緒に旅行するとまことに楽しいのだが、登山人口の増加に逆比例して、案内人の数は減少の傾向にある。案内人を頼まず登山する人が多くなったのである。

中学、高校の先生が、生徒の三、四十人をひきいて歩いているのに、よく山で出会うことがある。そのリーダーの先生にたずねてみると、その山が初めてだという場合が多い。山はよい顔ばかりしてはいない。天気が急変したときのうろたえぶりなどぶざまというほかはない。こういう団体こそ案内人を使えばいいのにと思うことが一度や二度ではなかった。

山のことを知らない人がリーダーをつとめることほど危険なことはない。子供たちを山へやる父兄たちはリーダーが、山に経験があるかどうか、また目的の山へ登ったことがあるかどうか充分調査してから、子供たちを山行に加えてやらないとひどい目に会うことになる。リーダーが山を知らなくても、ちゃんとした山案内人をやとえばまず大丈夫である。ちゃんとした山案内人というのは案内人組合に登録してある人をいうのであって、たとえ地元の人でも、旅館の番頭など手軽に連れて行くのはやめたほうがいい。北アルプスの場合は、案内人と歩荷ははっきり分れているが、いざ、客のほうが、へばってしまうと、案内人が荷物を持ってくれる。私は、必ず案内人を連れて登山することにしている。私の足に合わせて歩いてくれるし、いざとなると、私の荷物も背負ってくれるからである。若い人たちには大名登山だなどと悪口をいわれるけど、山へ登るときにはけっして無理をしないというのが私の考え方である。その案内人たちも、だんだん少なくなっていってそのうちなくなるかも知れない。もっとも、そのころには、日本中の山にはロープウェイやケーブルや自動車路ができて、山そのものがなくなっているだろう。そうしたくないものである。

(昭和四十四年七月一日付読売新聞)

冷夏の北アルプス

九月の中旬に北アルプスにでかけた。別に取材旅行でなく、年に一度か二度の気楽な山旅だった。東京をたって、松本に着き、ここで山案内人の山越金治氏と落ち合って、上高地にはいり、徳沢園、横尾小屋と、おなじみのところを通って、ことし新築した槍沢ロッジまで来て泊ることにした。針葉樹林にかこまれた二階建ての小屋で、泊り客は私と案内人の山越さんの二人だから、夜になると、おそろしいほど静かであった。

この小屋でクマの話を聞いた。クマが残飯をさがしに毎晩やって来て、危険だから、猟師に依頼して撃ち取ってもらったそうだ。クマはこの小屋ばかりではなく、ずっと下の横尾小屋でも、既に二頭撃ち取っているというので、驚くよりは少々怖くなった。だが、実際に怖いと感ずるようになったのは、槍ヶ岳につき、いよいよ縦走路に足を踏みこんでからであった。クマの糞は登山路のあちこちにあった。古いのもあれば、夕べやらかしたに違いないと思われるようなものもあった。少々尾《び》籠《ろう》な話だが、参考のために書いておくと、人間のそれの一・五倍ぐらいの太さの真黒いもので、糞の中に、必ずといっていいほど、ビニールや銀紙がはいっているところを見て、登山者の捨てたものや、小屋の残飯をあさって食べていることには間違いがなかった。このほかに木の実らしきものも混入していた。

山越さんの四十年の山案内人生活で、ことしほど、クマ公が図々しく登山路に現われたためしはないのだそうだ。その理由は、ことしが例年になく冷夏であって、山の木の実が少ないからだろうということであった。そういえば、稜線からずっと下ったところに密生しているベニハナイチゴの実のなり方も少ないし、ヨウラクドウダンの黒い甘ずっぱい実のなり方も例年に比較して少ないようであった。おそらくずっと下の、ナラの実、クリの実も少ないのだろう。山麓の木の実が少ないからクマ公は里へ下るか、逆に稜線に出て来て登山者の残飯あさりをするのであろう。

双六《すごろく》小屋までやって来ると、クマの話はさらに本格的になった。現に双六小屋のごみ捨て場には毎夜クマは現われるし、隣の三俣蓮華《みつまたれんげ》小屋付近でもクマ公を獲ったということであった。

双六小屋の小池さんの話によると、クマの現われる時間は八時から十時までと決っていて、十時を過ぎると、ごみ捨て場から退散してしまうということであった。月あかりでクマの姿を見ることができるというので、大いに期待していたのだが、その夜は雨になって、とうとうクマ公の姿を見ることはできなかった。翌朝起きて、ごみ捨て場へ行ってみると、なるほど、ちゃんとクマ公のツメ跡や足跡が残っていた。この季節には夏ほどの登山客はいないから、残飯も少ない。クマ公にしては、少しばかりの残飯では腹が減ってしようがないから、夏の最盛期に登山者が捨てて行ったごみを埋めこんだ穴を掘りかえして、何やかとあさっているようであった。

双六小屋でクマの話をさんざ聞かされて、さていよいよ明日は、クマの一番多いという雲ノ平へはいりこもうということになったが、どうも台風が北上して来そうだというので、縦走をあきらめて下山することにした。

真赤に紅葉したナナカマドとまぶしいほどの黄葉のダケカンバの山のいただきから、紅葉はちと早い下界におりたとたんに、台風は進行方向を変えて東方洋上に去ってしまって、そのまたいい天気といったら、一年に何度とは見られないような快晴であった。

あんまりいい天気だから、このまま帰るのはもったいないと思って翌日は、蒲田《がまた》温泉から平湯《ひらゆ》へ出てここから乗鞍行のバスに乗った。ところがその日が、ちょうど休日に当ったので、いやはや大変な人出で、山に登ったという感じよりも、人を見に来たようなにぎやかさであった。だがなんといっても天下の乗鞍岳、人が多勢来たからといって高い山が低くなったわけではない。ハイマツもあるし、ダケカンバもある。そんなのをなんとはなしに見ているうちにふと、クマのことを思い出した。クマ公もここまでやって来れば食べ物には困らないだろうと思った。

観光客でごったがえしている土産物売り場の番頭さんにクマが出るかと聞いてみたら、どう聞き違えたのか、

「クマの彫物かね、うちには置いてはねえが、なんなら北海道から取り寄せて送って進ぜても、いいだがね」

と親切にいってくれた。

（昭和四十三年十一月十二日付信濃毎日新聞）

遅足登山

いちがいに登山といっても、登山にかかるまではなかなかたいへんである。まず登山の日程を組むために仕事のやりくりをしなければならないし、いろいろと山へ持っていく物の用意や、初めて登る山ならば、そのルートの研究もしておかねばならない。

準備万端整えて、さて出発となって、台風がやって来るということになれば、すべての計画はおじゃんになってしまうことだって、そう珍しくはない。すべてが順調にいって、列車に乗るとなるとこれがまたシーズン中ともなればたいへんな混雑ぶりで、こんな目に会うくらいなら、山なんかに来なければよかったと考えることは、毎回である。

目的の駅に着けば着いたで、重いルックザックを背負って駈足でバスの停留所に急がないと、積み残されることもあるし乗せて貰っても、場合によると立たねばならないこともある。バスの終点で降りて、さてこれからが登山だとはりきって見たところで、そのへんはまだまだ山ではなく、幾つかの橋を渡ったり、河原を歩かされたり、危なっかしい一本橋を渡ったりというようなことがしばらくつづいたあとで、いよいよ登山らしい登山にかかるのである。

そこまで来ると、登山者の姿もまばらになって、しっとりとしめった樹林帯の中の道に一歩を踏みこむと、やれやれやっと山にありつけたという気になる。これからがいよいよほんとうの山だと思うと、それまでのように、行き当りばったり式の歩き方をやめて、自分の心にも、これからがほんとうの山だということを何度となくいい聞かせてから、一歩一歩を確実に踏み出すのである。

この時の気持は、なんともいえぬほど晴れやかで、たとえ、小雨が降っているような天気でも、前途の期待で胸をふくらませている身にとっては、なんの障りにもならない。

さてこれからが登山だと、身ごしらえをもう一度整えて、三十分も歩くと、いつもの歩調になって、それからは全くのマイペースになる。

私は山を歩いているときは、ほとんどなにも考えない。つぎつぎと眼の前に現われて来る木の根や石ころや人の歩いた踏跡などを、見るともなしに見ながら歩をすすめていくのである。私の歩き方はきわめて遅く、初めて会った人は私の歩き方があまりにも遅いので、非常に疲れたか、あるいはどこか悪いのかと思って、ときには心配して声をかけてくれることもある。

この私の遅足ぶりを文章に現わすのはまことにむずかしいが、足の動きに従って、その順序を追うと、片足をゆっくり移動して、移動が終ったところで、ひと息つくだけの間合を置いて、次の足をゆっくり動かすといったような、実に緩慢な足運のうちに疲労の恢復《かいふく》を計って、けっして息が切れるような歩き方はしないのである。

こういう歩き方をしているから、途中で休むということをあまりしない。歩き出したら、食事どきまで連続的に歩きつづけるのである。一歩一歩のうちに疲労の恢復を計っているつもりでもやはりそこは高位差に連続的な抵抗を試みようとする登山であるから、汗が出る。なみたいていの汗ではなく、ほんとうに水をかぶったような汗をかくのである。

腰にさげている手拭で汗をふいているうち、ついには、その手拭がびしょびしょに濡れてしまって、しぼると汗の水がしたたり落ちるくらい汗をかくのである。これだけ汗をかくから、のどはかわくけれど、飲めばたちまち汗になって出て、以前にもまして水が欲しくなる。水を飲んだり汗をかいたりということを繰り返していると、間もなく動けなくなることをよく知っているから、行動中私は水は一滴も飲まない。朝、昼、夜の食事のときお茶を飲む以外には水分は取らないのである。水筒は持ってはいるが、朝入れた水がそのまま夜まで残っていることが多い。

山にもよりけりだが、麓から稜線に出るまでの一方的な登り道はその山行のうちでもっともつらいときであり、時間的にも長いのである。

私はこの暗い樹林帯の中をなんにも考えず黙々と歩くのが好きである。ゆっくりゆっくりと、無意識に足を動かすような歩き方で登っていると、ふと眠くなってあやうく木の根に足を取られそうになったこともある。なんにも考えないといってもなにかは頭に浮んで来るのであるが、いちいちそれに取り合わず、ぼんやりと足下を見つめながら、足下にひらかれてゆく、ごくせまい範囲の移りかわりを眺めながら、歩いていると、歩いている自分が自分ではなくなってしまうような気持にもなって来る。

こういう遅足登山をしているので、登り出した初めには後から来た人につぎつぎと追い抜かれていくけれど、七合目か八合目あたりまでやって来ると追い抜いて行った人が休んでいるから、またこっちが追い抜くことになり、案外この遅足登山が遅足でなくなることにもなる。

登山にはいろいろと妙なしきたりがあって、追い抜くときには、お先にという挨拶があり、行き会ったときには、こんにちはと挨拶を交わす。日本の山ばかりではなく、ヨーロッパの山でも、これに近いことをやっている。挨拶で思い出したが、山で中学生の一団と会ったときにはたいへんである。数十人近い人にいちいち挨拶をかえすのは面倒になって、つい帽子かなんか取ってごまかして振ってやり過す場合が多い。一団が行き過ぎると山はまた静かになる。

山へ行ったら、随分と考える時間があるから小説の構想など山でまとめて来ようなどと思うのだが、実際山へ入ると、そんなことはいっさい考えようという気は起らず、ただ、足下を見つめながら黙々と歩くのである。暗い樹林の中といっても、時折は日がさしこんで来るところもあるし、山アジサイやウツギの白い花にぶつかったり、秋ならば眼の覚めるような紅葉黄葉に出会うのだが、そういう自然の美しさはさりげなくちらっと眼を投げるだけで、マイペースをくずさないようにゆっくり歩いていくのである。

こういう単調な登山が一日間続いて山小屋についたときには、たいへんに充実した一日を送ったようで楽しい。暗い樹林帯からハイマツ地帯になり、やがて岩石の多い稜線に出て、そこからは景色の楽しめる山歩きになるのだが、ここまで来ると、ほんとうの山歩きのよさは感じられなくなる。あまりにも気が散る対象が次々と眼の前に現われるからである。

登山の醍醐味《だいごみ》は樹林帯を頂上に向って歩くところにあって、稜線歩きはおまけみたようなものだといっても、多くの人はこじつけだといって信用してくれない。無理もない。本来登山のよさはその人にしかわからないものなのである。

（昭和四十三年八月七日付朝日新聞）

あとがき（『山旅ノート』より）

私の随筆集はこれが三巻目である。一番最初に書いた随筆集は「アルプスの谷アルプスの村」、二番目に出版されたのが「白い野帳」、そして三番目がこの「山旅ノート」である。「アルプスの谷アルプスの村」は山と溪谷誌上に、「白い野帳」は朝日新聞紙上に、それぞれ連載したものをまとめたものであるが、この「山旅ノート」はあちこちに書いたものを寄せ集めたものだから、なんとなくまとまりがないようにも思えるが、これらの文章は、私が執筆活動を始めて以来十数年間にわたって書いたものであり、私にとってはたいへん懐かしいものばかりである。

私は登山の経験をかならずといっていいほど小説に取り入れている。随筆に書くより小説に書いた方が面白いからである。小説に書いてしまうと、なんとなく随筆には書きたくないもので、これとまた逆に、随筆に書くと、やはり小説には書きにくくなるものである。だから、この随筆集は、小説にならなかった素材集のようなもので、今読みかえして見ると、こんなことがあったかなと、いまさらのように驚くようなことがあるし、なんといっても、小説よりも随筆のほうが現実感がある。これからも山の随筆は大いに書くべきだと思っている。

解説

高橋千劔破

新田次郎は、明治四十五（一九一二）年六月六日、霧ヶ峰山麓の上諏訪町（現諏訪市）の角間新田《かくましんでん》で生まれた。次男坊だったので、新田次郎をペンネームにしたことは、よく知られている。本名は藤原寛人《ひろと》。夫人は『流れる星は生きている』で知られる藤原てい。数学者であり作家としても知られる藤原正彦は、次男である。大正・昭和期の日本を代表する気象学者の藤原咲平は、新田次郎の叔父にあたる。

新田次郎が没したのは昭和五十五（一九八〇）年二月十五日、享年六十七。数々のベストセラーを書き、作家としては円熟絶頂期の、心筋梗塞による突然の死であった。それからすでに三十二年が経つ。今年（二〇一二）は生誕百周年に当たる。

死と共に忘れ去られていく作家が多いなかで、新田次郎は、いまだに作品が売れ続けている稀有の作家の一人である。NHK大河ドラマになった『武田信玄』、映画化され空前のヒットとなった『八甲田山死の彷徨』（映画は「八甲田山」）、『アラスカ物語』、NHKの「プロジェクトX」の第一回で話題になった『富士山頂』『孤高の人』『聖職の碑』『劒岳〈点の記〉』などなど。

新田次郎の作品は厖大で多岐にわたる。富士山を舞台にした多くの作品を書き、また山岳小説といわれるジャンルを開拓した。歴史小説にもすぐれたものが多く、科学小説や児童文学にも見るべきものが少なくない。

長編には、峻厳なる自然を背景とし、事実に材を取った作品が多い。いわゆるノンフィクション・ノベルであるが、このジャンルも新田によって確立されたといっていい。さらに、自然環境の破壊を告発する「環境文学」も新田が先駆者といえる。エッセイにもすぐれたものが少なくない。そうした作品を一つ一つ紹介することはできないが、質量ともに群を抜いているのが、山を舞台にした作品である。

先日、月刊「新潮45」（二〇一二年六月号）が「新田次郎生誕百周年記念特集」として何編かの特集記事を掲載した。筆者も、新田次郎文学の魅力について書き、編集部の依頼により、「新田次郎文学ベスト10」を付した。いま、それを見つつ気がついた。十編中八編が、山を背景とした作品であることに。十編とは、①『八甲田山死の彷徨』、②『孤高の人』、③『アラスカ物語』、④『武田信玄』、⑤『富士山頂』、⑥『怒る富士』、⑦『劒岳〈点の記〉』、⑧『強力伝』、⑨『聖職の碑』、⑩『霧の子孫たち』、である。同誌には掲載されていないが、筆者は「補」として、『槍ヶ岳開山』『芙蓉の人』『アルプスの谷　アルプスの村』を加えた。最後の一作はエッセイだが、すべて山が舞台だ。

筆者の好みでたちまちこうなった、とは思わない。おそらく誰が選んでも、大差がないのではなかろうか。つまり新田次郎は、まちがいなく山の文学者なのである。詳しくは、山と溪谷社の近刊『よくわかる新田次郎』の小稿「山の文学者としての新田次郎」を、ぜひお読みいただきたい。

さて、本書は新田次郎の既刊本『白い野帳』と『山旅ノート』からのダイジェストで山のエッセイと紀行が収録されている。『白い野帳』は、一九六三年十一月から六四年十月まで「朝日新聞」の夕刊（土曜日）に連載されたエッセイを中心に、六五年に朝日新聞社から刊行された。『山旅ノート』は、「旅」や「山と溪谷」などの雑誌に掲載された山の紀行と随想をまとめ、一九七〇年に山と溪谷社から刊行された。だが、いずれも今は読むことができない。それが本書『新田次郎　山の歳時記』として甦ったことは、うれしい限りである。

本書には、山の文学者としての新田次郎の二つの原点をうかがうことができて興味深い。一つは生まれ育った角間新田と霧ヶ峰の自然、もう一つは富士山である。

角間新田と霧ヶ峰は、文学の原点というより新田次郎その人の原点だ。

「私の生れた村は信州諏訪の一小村である。南北に細長い谷あいに出来た村で、周囲は山に囲まれ、わずかにひらけている両方向に諏訪平野の一部と守屋《もりや》山が見える」

その山の向うに何があるのだろうか、と縁側に立って見つづけていた少年は、やがて、霧ヶ峰を遊び場にして成長していく。

霧ヶ峰の主峰車山《くるまやま》の西方約三〇キロに広がる台地は蛙原（ゲーロッパラ）

と呼ばれている。その地に、

「草に臥《ね》て　青空見れば　天と地と　我との外に何物もなし」

と刻まれた藤原咲平の記念碑が立つ。霧ヶ峰山麓に育ち、東大教授となり中央気象台長となった咲平は、昭和七年、霧ヶ峰グライダー協会を設立し、我国におけるグライダー界の先駆となった。また霧ヶ峰に測候所を建設したとき、リンドウの群生地を守って計画を変更させるなど、霧ヶ峰の自然をこよなく愛した。その藤原咲平から、新田次郎は多大な影響を受けた。気象庁に勤めたのも咲平の伝手であった。

霧ヶ峰のすぐ東には八ヶ岳の峰々が連なり、南に目を転ずると甲斐駒ヶ岳や仙丈ヶ岳、北岳といった南アルプスの山々が雄姿を誇る。そして、八ヶ岳と南アルプスの間には富士山が悠然と聳え立つ。

やがて新田次郎は、中央気象台（のちの気象庁）の職員として、その富士山に勤務することになる。昭和七（一九三二）年から十二年の間、何度となく富士山に登り、厳冬の山頂での越冬も体験している。その模様は、本書のエッセイにもたびたび登場する。

蒼氷の上を死の恐怖に脅えつつ歩き、雷雲に覆われた頂上で頭髪が一本残らず逆立ってシューシューと鳴り、観測所内に逃げ込んでも火球状電雷が頭上を横切って壁を焦がし、台風のときには猛烈な風が建物を揺るがし、いつ吹き飛ばされるか判らない恐怖と戦った。いっぽうで富士山は、神秘としかいいようのない美しい貌《かお》を見せる。幻想的なブロッケンの妖怪、雄大な雲海とその雲海に映える影富士、霧氷の芸術、冬の夜の満月……。新田は「私が小説を書くようになった動機の中に、富士山勤務時代に体験した、これらの現象を文章にしたいという悲願のようなものがこめられているのを否むことはできない」と記す。富士山を舞台にした新田文学は、長編小説が五つ、中・短編小説が二十余、エッセイも、本書の中だけでも多い。一つの山が複数の作品の舞台となった例は極めて少なく、富士山だけがかくも多い。新田にとっていかに特別の山であったかが判る。

少年時代の霧ヶ峰と、若き日の富士山での数々の体験が、山の文学者新田次郎をつくったことはまちがいない。新田は登山家ではないが、生涯山を愛し、多くの山に登った。登山家や山好きの人たちに好意を持ち続け、愛用のピッケルや山靴を大切にしていた。また、コブシの花をこよなく愛し、秋の山にも深い思いを寄せた。諏訪市図書館に「新田次郎コーナー」があり、ピッケルと山靴も飾られている。図書館の前にこのたび、生誕百年を記念してコブシの若木が植樹された。

そのコブシが育ち、たくさんの白い花をつけるころ、新田次郎の作品は依然として多くの人に読み継がれているにちがいない。その作品の原点と、山への思いを綴る本書もまた、読まれていくことであろう。新田は、山の俗化や自然破壊を、本書中でもたびたび嘆いているが、それでもなお山の自然は永遠であり、山に憧れ、山に登る人も不滅である。

二〇一一年六月六日

（たかはし　ちはや／作家・文芸評論家）

＊本書は、『白い野帳』（「朝日新聞」一九六三年十一月二日〜六四年十月三日。単行本は六五年三月、朝日新聞社刊）、『山旅ノート』（初出は各文末に記載。単行本は一九七〇年十月、山と溪谷社刊）から、登山にかかわりの深い文章を抜粋し、再構成したものです。なお、「山の弁当考」は「山と溪谷」一九七八年十二月号より転載しました。

新田次郎　山の歳時記

二〇一二年七月五日　初版第一刷発行
二〇一八年十二月二十五日　初版第四刷発行

著　者　新田次郎
発行人　川崎深雪
発行所　株式会社　山と溪谷社
郵便番号　一〇一－〇〇五一
東京都千代田区神田神保町一丁目一〇五番地
http://www.yamakei.co.jp/

■乱丁・落丁のお問合せ先
山と溪谷社自動応答サービス　電話〇三－六八三七－五〇一八
受付時間／十時～十二時、十三時～十七時三十分（土日、祝日を除く）
■内容に関するお問合せ先
山と溪谷社　電話〇三－六七四四－一九〇〇（代表）
■書店・取次様からのお問合せ先
山と溪谷社受注センター　電話〇三－六七四四－一九一九
ファクス〇三－六七四四－一九二七

デザイン　岡本一宣デザイン事務所
印刷・製本　大日本印刷株式会社
定価はカバーに表示してあります

Printed in Japan ISBN978-4-635-04744-9